Un cheikh envoûtant

PIPPA ROSCOE

Un cheikh envoûtant

Traduction française de
LOUISE LAMBERSON

AZUR

HARLEQUIN

Collection : Azur

Titre original :
FROM ONE NIGHT TO DESERT QUEEN

HARPERCOLLINS FRANCE
83-85, boulevard Vincent-Auriol, 75646 PARIS CEDEX 13
Service Lectrices — Tél. : 01 45 82 47 47 - www.harlequin.fr
ISBN 978-2-2804-6787-2 — ISSN 0993-4448

Composé et édité par HarperCollins France.
Imprimé en juillet 2022 par CPI Black Print (Barcelone)
en utilisant 100% d'électricité renouvelable.
Dépôt légal : août 2022.

MIXTE
Papier issu de sources responsables
FSC® C159065

Pour limiter l'empreinte environnementale de ses livres, HarperCollins France s'engage à n'utiliser que du papier fabriqué à partir de bois provenant de forêts gérées durablement et de manière responsable.

Prologue

— Je ne sais pas si je peux partir…

— Nous n'avons pas trop le choix.

— Cela m'ennuie de te laisser avec Star en plus de tout le reste…

Le cœur de Star Soames se serra douloureusement. Skye et Summer seraient mortifiées si elles savaient qu'elle les entendait, mais c'était horrible de se retrouver casée avec « tout le reste » comme si elle représentait un poids pour ses sœurs, au même titre que les conditions imposées par leur grand-père.

Star refoula ses larmes et s'efforça de se concentrer sur ce que disait Skye, sa sœur aînée.

— Cela ne devrait pas prendre plus de deux jours : je vais au Costa Rica, Benoît Chalendar me remet le plan et je rentre. Voilà.

— Sauf qu'il y a peu de chances qu'il ait le plan sur lui, répliqua gentiment Summer, la benjamine de la famille.

— D'accord, alors on ajoute un jour de plus pour une petite escale en France, et le tour est joué.

Doucement, Star passa le pouce sur le pendentif qu'elles avaient trouvé la veille dans la « bibliothèque de Catherine », avec le journal intime de leur arrière-arrière-grand-mère, le tout étant dissimulé dans un renfoncement secret, lui-même protégé par les rayonnages de livres.

Leur ancêtre avait été soupçonnée d'avoir fait disparaître les Diamants Soames pour les empêcher de tomber entre les mains de son époux, un homme dur et méchant. Ce soupçon s'étant transmis de génération en génération, ses héritiers s'étaient décarcassés pour résoudre l'énigme et mettre la main sur les bijoux disparus. Jusqu'à leur grand-père, Elias Soames, qui avait préféré laisser tomber son manoir en ruines pour se consacrer à la chasse au trésor. Le grand-père indigne qui avait rejeté et déshérité leur mère alors âgée de dix-sept ans. Star frissonna au souvenir du portrait trônant au milieu du mur derrière le notaire, dans le bureau où les trois sœurs avaient découvert le contenu du testament d'Elias.

Elles avaient deux mois pour retrouver les Diamants Soames. En cas d'échec, la propriété du Norfolk reviendrait au National Trust. En vérité, si la vie de leur mère n'avait pas été en jeu, elles auraient volontiers cédé le domaine à la célèbre organisation de sauvegarde et de promotion du patrimoine historique. Parce qu'au fond, Star et ses sœurs répugnaient à se plier aux exigences d'un aïeul aussi tordu. Mais il y avait Mariam…

— Bon, je compte sur toi pour garder un œil sur Star. Tu la connais.

À ces mots, Star s'écarta de la porte, peu désireuse d'entendre la suite, mais Skye poursuivait déjà :

— Je suis inquiète… Elle pourrait se mettre en tête de partir en quête du prochain indice, parce que c'est tellement…

—… *romantique !* s'exclamèrent en chœur ses sœurs avant d'éclater de rire.

Star serra les mâchoires. Elle lisait des romans d'amour depuis presque toujours et elle en était fière. Elle conseillait même à tout le monde de l'imiter.

— Ce que je crains, en fait, reprit Skye, c'est qu'elle s'attire des ennuis. Et nous n'avons vraiment pas droit à l'erreur. Nous n'avons pas le temps de nous tromper.

Une souffrance vive lui traversa la poitrine. Elle détestait entendre ses sœurs parler d'elle de cette façon, mais elles avaient raison : il n'y avait pas de temps à perdre. Star regarda autour d'elle, contempla les murs tapissés de livres. Si Mariam avait vécu ici, dans ce comté, elle aurait peut-être eu accès aux soins pris en charge par le système public et pu bénéficier des traitements spécifiques dont elle avait besoin à ce stade avancé de son cancer.

C'était si injuste, si cruel, ce système de santé qui, dépendant de la répartition géographique, empêchait leur mère d'accéder aux soins dont elle avait besoin.

— Nous avons déjà perdu deux semaines, continua Skye. Mais maintenant que nous avons les carnets de Catherine et que toi et Star avez décodé les messages qu'ils contenaient, nous pouvons commencer à chercher les Diamants Soames. Benoît Chalendar détient le plan des passages secrets, j'en suis certaine.

— Même si tu réussis à récupérer ce plan, il nous faudra encore découvrir l'endroit où Catherine a caché les bijoux, Skye, et une fois que nous l'aurons localisé, nous devrons trouver le moyen d'y accéder. Parce que les Diamants Soames ne seront pas posés à vue dans un coin. Et si nous trouvons le prochain indice pendant que tu es au Costa Rica, il faudra bien que Star s'en occupe. Je dois être sur place pour accueillir l'acheteur potentiel et tu connais comme moi les dispositions d'Elias : l'une d'entre nous doit rester à demeure durant les deux mois qu'il nous accorde pour retrouver les diamants disparus.

— C'est fou ! Nous voilà embarquées dans une chasse au trésor dont le but consiste à retrouver des bijoux qui ont disparu depuis plus de cent cinquante ans – tu te rends compte ?

— J'ai du mal, fit Summer en soupirant. Et encore plus à admettre que nous allons peut-être nous démener pour rien et que la propriété reviendra au National Trust. Et si nous échouons à trouver les bijoux, nous ne pourrons pas aider maman.

Vendre le domaine était le *seul* moyen de financer le traitement médical dont Mariam avait besoin.

— Tu ne nous as toujours pas raconté comment tu avais rencontré ce mystérieux milliardaire…, dit Skye.

Star tendit l'oreille, mais Summer garda le silence.

— Tu sais que tu peux nous parler, si tu le souhaites.

— Oui, je sais.

Entendant le bruit de leurs pas s'éloigner dans le couloir, Star se laissa tomber dans un vieux fauteuil en cuir râpé et effleura les entrelacs du pendentif en or comme si celui-ci pouvait lui apporter du réconfort. Ses sœurs ne la croyaient pas capable de remplir son rôle sérieusement, cela lui faisait mal. Elles n'avaient pas confiance en elle.

Au lieu de s'apitoyer sur son sort, Star serra le pendentif dans sa paume en se jurant de faire sa part et de trouver le prochain morceau du puzzle, même si ses recherches devaient l'entraîner à l'autre bout de la planète.

Elle prouverait à ses sœurs qu'elle pouvait se débrouiller toute seule et contribuerait à sauver leur mère.

1.

Khalif inspira profondément, expira, mais il eut beau se concentrer sur sa respiration, la tension qui lui martelait les tempes ne disparut pas pour autant.

Cinq heures. Cinq heures perdues à rester là assis dans cette pièce, avec quinze personnes qui l'observaient tandis que le café refroidissait et que l'atmosphère devenait si étouffante qu'il avait fallu ouvrir une fenêtre.

Il sortit et s'avança dans le couloir. Il avait besoin d'air, voilà tout. D'air frais. Il ne fuyait pas. Il avait simplement besoin d'une minute de solitude, aussi emprunta-t-il les couloirs réservés au personnel. Il ne se cachait pas d'Amin, le secrétaire privé de son frère – non, *son* secrétaire privé. Il s'efforçait seulement de le ménager.

Débouchant sur une cour intérieure, Khalif aperçut les touristes qui quittaient l'exposition organisée dans la partie du palais accessible au public. Le rire de deux jeunes garçons poursuivis par leur mère, qui riait elle aussi, le transperça, le ramenant à l'époque où lui et son frère semaient les gardes chargés de les surveiller.

Le chagrin lui fit l'effet d'un coup de poing dans le ventre. Or il ne pouvait plus laisser transparaître ce genre d'émotion. Trois ans après le terrible accident, il se surprenait encore à prendre mentalement note d'une chose à dire à son frère, il se demandait ce que Faizan en penserait, lui conseillerait. Mais au fond, Khalif ne savait pas ce qui était le pire – céder encore à de tels réflexes, ou cesser de le faire.

Tout lui donnait un sentiment de fausseté. Comme si, ce jour funeste, l'Univers avait basculé. Affronter son chagrin, c'était essayer de le remettre en place, millimètre par millimètre. Parce que rien ne fonctionnait. Khalif n'arrivait même pas à se débarrasser de l'impression d'être un imposteur, un substitut, comme si Faizan allait déboucher soudain devant lui et lui dire en riant que tout cela n'était qu'une farce, une plaisanterie. Malheureusement, Khalif ne croyait pas aux contes de fées.

Un désir pressant s'empara de lui, il eut envie de se précipiter vers le bar le plus proche pour noyer ressentiment et chagrin dans l'alcool. Alors qu'il n'avait pas bu ni touché une femme depuis qu'il avait appris la terrible nouvelle. Après avoir été l'héritier de rechange, le Prince Play-boy adulé dans le monde entier, par les femmes comme par les médias, il était désormais le premier dans l'ordre de succession au trône. Depuis trois ans, chaque jour était un combat visant à prouver sa valeur tandis que Khalif se préparait à son futur rôle de chef d'État.

Il longea le couloir parallèle aux salles consacrées à la partie de l'exposition retraçant l'histoire de Duratra, avant d'arriver à proximité du PC sécurité. Quand il entra dans la première salle, cinq agents de sécurité, deux en uniforme et trois en civil, étaient agglutinés devant un écran de contrôle.

— Que se passe-t-il ? demanda Khalif, s'attendant déjà au pire.

Les cinq hommes sursautèrent et se retournèrent, l'air si embarrassé et si coupable qu'en d'autres circonstances il aurait éclaté de rire.

— Excusez-nous, Altesse…

— De quoi s'agit-il, Jamal ? l'interrompit-il sèchement.

Il tourna les yeux vers l'écran central, celui devant lequel se trouvaient les agents, et vit une touriste de dos, immobile devant l'un des immenses portraits exposés dans la salle Alsayf. Khalif inclina la tête de côté et plissa les yeux pour essayer de mieux voir l'inconnue dont les cheveux étaient recouverts d'un foulard.

Soudain, celui-ci glissa légèrement en arrière, laissant échapper une longue mèche bouclée qu'elle remit aussitôt sous le foulard, mais sans détacher le regard du portrait. Le port du voile n'étant pas imposé à Duratra, Khalif fut surpris par le réflexe de la jeune femme et laissa descendre son regard sur la silhouette mince.

Les manches de la veste en jean étaient repliées sur les avant-bras, révélant des poignets fins entourés de bracelets. Sous la veste, courte, elle portait une robe à rayures qui lui descendait jusqu'aux chevilles et dont la coupe toute simple laissait néanmoins deviner des courbes alléchantes…

Il se força à détourner les yeux de l'écran et se concentra sur les hommes chargés de la sécurité de la famille royale.

— Vous êtes marié, Jamal, dit-il d'un ton sévère.

Comme si lui-même n'avait pas été attiré, voire fasciné, par la même chose que lui…

— Vous me décevez, poursuivit-il toutefois.

— Ce n'est pas…, commença Jamal.

— Non, évidemment, l'interrompit Khalif avec un petit rire bref. Parce que votre épouse vous arracherait les yeux si…

— Non, Altesse, ce n'est pas du tout cela… Cette femme est là depuis une heure.

— Et ? demanda Khalif en haussant un sourcil.

— Vous ne m'avez pas bien compris, Altesse. Elle est *là*, devant *ce tableau*, depuis une heure, clarifia Jamal.

— Ah…

Khalif reporta son attention sur l'écran et fronça les sourcils en constatant que la touriste se tenait en effet toujours à la même place, en arrêt devant le portrait de Hatem al-Azhar, son arrière-arrière-grand-père. Que voyait-elle dans ce tableau ? Pourquoi rester plantée devant pendant *une heure ?*

S'apercevant que les agents s'étaient à nouveau regroupés devant l'écran voisin, comme attirés malgré eux par la mystérieuse inconnue, il tourna le dos… à regret. Autrefois, il n'aurait pas hésité à l'approcher de plus près…

Star sourit en contemplant le portrait de l'homme qui avait régné sur Duratra cent cinquante ans plus tôt. Le souverain au nez droit et noble, à la mâchoire volontaire que Catherine Soames avait rencontré après son histoire d'amour condamnée d'avance avec Benoît Chalendar.

Elle aurait pu le regarder pendant des heures sans se lasser, mais, hélas, le garde rencontré ce matin réapparut et se dirigea vers elle, avant de s'éclaircir discrètement la voix puis de lever les yeux vers l'horloge accrochée au mur.

— Je suis vraiment désolée, Wahed. Je n'ai pas vu le temps passer !

Star était sincère. Elle regrettait d'avoir retardé le personnel. L'exposition aurait dû fermer un quart d'heure plus tôt et Wahed s'était montré si serviable qu'elle ne voulait vraiment pas lui attirer d'ennuis.

Après lui avoir adressé un grand sourire reconnaissant, elle quitta rapidement la salle et se dirigea vers la sortie.

Elle n'avait rien trouvé, mais il était hors de question de paniquer. Le temps leur était compté, certes, mais paniquer n'aiderait personne.

Le lendemain du jour où Skye avait pris l'avion pour le Costa Rica, Summer avait décodé la seconde partie des messages secrets laissés par Catherine dans ses carnets et découvert la description d'une clé spéciale qui se trouvait à Duratra. Et cette clé permettait d'accéder à l'endroit où leur arrière-arrière-grand-mère avait caché les bijoux.

Skye étant partie de son côté à la recherche du plan des passages secrets, Star était consciente de l'importance de sa propre mission qui consistait à récupérer ladite clé. Dans l'avion, elle avait lu et relu le récit des aventures de Catherine au Moyen-Orient, à l'époque où celle-ci voyageait avec son oncle et sa tante. Le père de Catherine avait en effet été convaincu qu'en leur confiant sa fille, il la mettait à l'abri jusqu'à son mariage.

S'il avait su… Star sourit en pensant à ce que Catherine avait vécu alors qu'elle était censée être sous la tutelle de sa tante ! À la relation profonde qui s'était développée entre elle et Hatem. Jusqu'à ce que le devoir les sépare et qu'ils soient contraints de renoncer à leur amour.

Après son retour en Angleterre, et en dépit de leur éloignement forcé, Catherine avait écrit à Hatem pour lui demander de forger une clé spéciale. Il avait exaucé son souhait et créé un objet merveilleux : une clé pouvant être séparée en deux parties complémentaires qui, une fois réunies, permettrait d'ouvrir une serrure. En outre, ces deux parties constituaient chacune un pendentif pouvant être porté sur une chaîne. Hatem avait envoyé à Catherine une moitié de la clé ainsi que la serrure et conservé l'autre moitié comme l'avait demandé Catherine. Et, n'en déplaise à ses sœurs, Star trouvait follement romantique que Hatem ait toujours gardé avec lui un peu de Catherine.

Elle posa les doigts sur la chaîne épaisse aux mailles finement ciselées lui entourant le cou et effleura le pendentif de forme allongée dissimulé sous sa robe. Demain, elle le laisserait à l'hôtel, dans le coffre-fort de sa chambre. Mais, pour sa première journée à Duratra, elle avait voulu l'avoir sur elle – qui sait ? il détenait peut-être le pouvoir d'attirer son autre moitié… Quand elle avait soulevé la chaîne et le pendentif trouvés avec les carnets de Catherine, Star n'avait pas soupçonné l'importance de ce bijou. Il l'avait attirée à cause de son aspect étrange et elle l'avait pris sans réfléchir. Et maintenant, elle ne pouvait s'empêcher de penser que c'était le destin qui avait remis cette chaîne et ce pendentif entre ses mains.

Tout en traversant les différentes salles de l'exposition judicieusement éclairées, Star reconnut toutefois qu'elle s'était peut-être laissé un peu emballer par le côté romantique de la nouvelle histoire d'amour contrariée vécue par son ancêtre, mais sans pour autant regretter d'être venue à Duratra, quel que soit le résultat de ses recherches.

Elle adorait déjà Burami, la capitale du pays, ville superbe débordant d'activité. Sur le trajet de quinze minutes séparant son hôtel du palais, elle avait vu des immeubles d'une hauteur impressionnante et traversé d'immenses marchés ouverts avant d'arriver au majestueux édifice de pierre. La ville mariait élégamment le moderne et l'ancien, des voitures électriques roulaient en silence dans les minuscules rues pavées, des mulets apportaient des paniers de nourriture, des soies et des épices aux stands colorés vendant également des smartphones haut de gamme et quantité de lecteurs en tout genre.

Le sentiment d'explorer à la fois le passé et le présent enchantait Star. Elle avait l'impression de marcher sur les pas de Catherine. Elle ne l'aurait jamais exprimé à voix haute, et surtout pas devant ses sœurs, mais elle se sentait reliée à son ancêtre par un lien puissant.

C'était pour cette raison que cette première journée infructueuse ne la décourageait pas le moins du monde. À présent, Star brûlait de rentrer à l'hôtel pour se reposer et de revenir au palais le lendemain pour visiter la suite de l'exposition.

Perdue dans ses pensées, elle heurta un individu de haute taille – et très musclé.

— Oh ! excusez-moi. Je suis vraiment…

Levant les yeux, elle croisa le regard d'un homme somptueux qui la dévisageait, l'air aussi surpris qu'elle-même.

Star détourna aussitôt les yeux, mais cela ne diminua en rien le trouble qui l'avait envahie. Elle battit plusieurs fois des cils, espérant faire disparaître la chaleur délicieuse qui se répandait en elle. Mais, au lieu de disparaître, celle-ci augmenta.

Inquiète par les réactions malvenues de son corps, elle s'efforça de se ressaisir.

— Je suis vraiment désolée. Je ne vous avais pas vu…

Difficile à croire… Impossible de ne pas voir un homme aussi magnifique et aussi impressionnant…

— Je suis parfois… distraite, vous comprenez… ? ajouta-t-elle en se résolvant à le regarder. Je m'appelle Star…

Elle s'interdit de baisser les yeux.

— Et je m'adresse à vous en anglais comme si vous compreniez forcément cette langue… Excusez-moi, c'est vraiment prétentieux.

Il la trouvait stupide. D'où cet imperceptible petit sourire en coin. Mais au moins il comprenait ce qu'elle disait, c'était déjà cela.

— Je ne comptais pas rester ici aussi tard, ni me perdre en cherchant la sortie, reprit Star.

Le somptueux inconnu ne l'avait pas encore interrompue. Ses sœurs l'auraient fait. Ses collègues l'auraient gratifiée d'un vague sourire avant de continuer leur chemin. Mais lui n'avait pas bougé. Et plus longtemps il restait là devant elle, sans dire un mot, plus elle était consciente de… sa proximité. De son corps viril. Ce qui était absolument ridicule.

— Star…

Le fait de l'entendre murmurer son prénom attira son attention sur la belle bouche sensuelle, puis sur les yeux brun foncé, presque noirs.

Il fouillait son regard comme si elle détenait la réponse à une question muette.

Star secoua la tête, rompant le lien étrange qui palpitait entre eux, et lui tapota légèrement l'avant-bras.

— Vous parlez anglais, n'est-ce pas ? dit-elle d'un ton enjoué. Vous comprenez tout ce que je vous…

Entendant un bruit de pas, elle tourna la tête et vit Wahed se précipiter vers eux, les joues rouges, les yeux brillants.

Cette fois, elle avait vraiment abusé de sa patience, se reprocha Star.

— Pardonnez-moi, Wahed, commença-t-elle sans lui laisser le temps de parler. Je croyais revenir sur mes pas mais j'ai dû rater un couloir et me suis heurté par mégarde à…

Elle tourna de nouveau les yeux vers le sublime inconnu, remarqua la façon dont la veste de costume noir mettait en valeur le…

Khal

L'espace d'un bref instant, leurs regards restèrent soudés, avant que Star ne reporte son attention sur Wahed.

— Khal, voilà. Et comme je vous le disais, je me suis perdue et n'arrivais plus à retrouver la sortie. Ah… Ça y est, je l'aperçois !

Ce panneau vert portant une inscription en caractères blancs au-dessus d'une grosse flèche indiquait forcément la sortie de l'exposition.

Passant le bras sous celui du somptueux Khal, elle s'avança résolument vers la sortie. Elle ne pouvait pas se permettre de se voir interdire l'accès à l'exposition, alors mieux valait déguerpir le plus vite possible en entraînant avec elle cet autre retardataire.

— Venez, Khal, dit-elle en passant devant Wahed.

Le pauvre, il faisait une de ces têtes… On aurait dit qu'il allait exploser !

Trop occupé à assimiler le fait que cette femme connaissait le prénom de l'un de ses hommes, et qu'en l'espace de quelques minutes elle avait enfreint le protocole royal à plusieurs reprises en lui tapotant d'abord l'avant-bras puis en le prenant carrément par le bras, Khalif ne fit rien pour l'arrêter quand elle se dirigea vers la sortie réservée au personnel. Mais, même s'il avait eu l'esprit plus dégagé, il n'était pas certain qu'il aurait repoussé la main claire posée sur son avant-bras. Elle était si petite et si délicate qu'il aurait craint de la briser.

Il la contempla, fasciné malgré lui. Comment des doigts aussi fins pouvaient-ils provoquer ces décharges électriques qui lui montaient jusqu'à l'épaule ? Brusquement, il réalisa que c'était la première fois qu'une femme l'approchait, le *touchait*, depuis une éternité.

Khalif ne s'était pas fait d'illusions, évidemment. Il ne s'était pas imaginé une seconde qu'il pourrait mener de front sa vie insouciante de play-boy et, le moment venu, son rôle de chef d'État. Mais il ne s'était pas attendu à l'isolement social découlant de son nouveau statut. Alors qu'autrefois il aurait donné une tape amicale à Jamal en le charriant sur son épouse, il se trouvait maintenant dans la situation embarrassante de devoir assumer un pouvoir qui lui paraissait toujours aussi… illégitime.

Quant à Wahed qui marchait à côté de lui, à distance respectueuse, il transpirait à grosses gouttes et essayait manifestement de trouver un moyen de sortir son prince de l'emprise d'une fée espiègle et sexy qui se jouait allègrement du strict protocole en vigueur au palais.

— Bonsoir, Wahed, dit Star quand ils arrivèrent devant la sortie. Et à demain ?

Voyant une expression paniquée envahir les traits de son fidèle agent, Khalif détourna les yeux de crainte d'éclater de rire.

— Demain ? répéta faiblement Wahed.

— Oh oui, je reviendrai ! Je n'ai visité que la première partie de l'exposition et il m'en reste trois à découvrir – une par jour, lança-t-elle par-dessus son épaule.

— Vous allez revenir trois jours de suite… ?

Cette fois, c'en était trop. Khalif ne put retenir un sourire. Il avait de plus en plus de mal à contenir le rire qui montait de sa poitrine. Cela faisait des semaines qu'il ne s'était pas senti aussi léger. Des mois. Des années… Depuis la mort de son frère.

— Cela vous a plu ? demanda Star.

Elle s'arrêta et se tourna vers lui en clignant des yeux, gênée par les derniers rayons du soleil. Ils se trouvaient maintenant dans la cour du personnel et Khalif aperçut Jamal qui les observait par la fenêtre du PC.

— De quoi parlez-vous ? demanda-t-il en faisant comprendre à Jamal d'un signe de tête que tout allait bien.

— De l'exposition, répondit-elle en riant.

Le son de ce rire, si aérien, si insouciant, lui coupa le souffle. Il en était presque jaloux. La main fine était toujours glissée sous son bras et il devait vraiment se dégager, mais il ne pouvait toujours pas s'y résoudre.

— Je préfère ne pas vous en parler, pour ne pas vous gâcher le plaisir.

Au lieu de la décevoir, sa réponse parut l'enchanter.

— Vous avez raison ! J'adore les surprises.

Offert à la lueur dorée du soleil couchant, le beau visage aux traits fins était le plus beau des tableaux vivants. Star avait des yeux magnifiques, ni bleus ni verts. Ou les deux à la fois. Turquoise. Au même instant, il songea à la signification de son prénom. « Étoile », il lui allait à merveille.

— Star…

— Oui ?

— Non, excusez-moi. Je…

Mais qu'est-ce qu'il lui prenait ? Il devait se ressaisir. Et vite.

— C'est un prénom peu commun.

Elle le dévisagea un instant en silence, comme pour lui montrer qu'elle savait que ce n'était pas ce qu'il avait eu l'intention de dire. Khalif eut soudain l'impression qu'elle percevait en lui des choses qu'il ne souhaitait pas partager. Une lueur étrange éclairait ses beaux yeux à la teinte singulière. Les minuscules taches de rousseur disséminées sur le petit nez droit et les hautes pommettes ressemblaient à des pépites d'or.

— Oui, c'est vrai. Même en Angleterre. Et Khal ?

— C'est… un vieux surnom.

Utilisé uniquement par son frère et Samira – ainsi que par les jumelles, qui l'appelaient « oncle Khal ». Khalif ne l'avait ni prononcé ni entendu depuis trois ans.

Star regarda autour d'elle en plissant le front.

— Ce n'était peut-être pas la sortie, finalement…

Sur ces mots, elle lui lâcha enfin le bras et s'avança en direction de l'avenue qui reliait le palais au centre-ville.

— Vous savez où vous allez ? demanda-t-il.

S'abritant les yeux de la main, elle regarda au loin, au-delà des barrières délimitant la cour réservée au personnel. Suivant son regard, Khalif serra les mâchoires en voyant apparaître le cortège d'automobiles noires. Son père rentrait au palais. En un éclair, la réalité avait repris ses droits.

— Oui. Je reconnais le café, là-bas. Il se trouve sur mon trajet.

Elle tourna la tête et leva les yeux vers lui.

— C'est un café très sympathique. Si vous…

S'interrompant, elle haussa les épaules et se mordilla la lèvre. Khalif détourna les yeux pour ne pas lui montrer qu'il brûlait de dire « oui » et sourit tristement, et quand il plongea son regard dans celui de Star, il eut de nouveau la sensation qu'elle lisait dans ses pensées.

— Prenez une voiture pour regagner votre hôtel. Vous ne craignez rien à Duratra. Mais je ne suis pas certain que Duratra résiste à votre charme.

Il avait dit cela pour plaisanter, pour la quitter sur une note légère, or l'effet fut tout autre.

Les yeux turquoise s'assombrirent, avant qu'un sourire lumineux éclaire le beau visage de Star.

Elle hocha la tête puis se détourna. Khalif la regarda s'éloigner, un souffle de vent rabattant la robe à rayures blanches et vert émeraude sur l'arrière de ses jambes, suscitant en lui un flot de pensées érotiques, jusqu'à ce que le véhicule transportant les agents de sécurité réapparaisse, suivi des autres, dont la voiture de son père.

La sombre réalité obscurcit tout, sauf le souvenir des yeux où scintillaient de minuscules étoiles.

2.

Star relut la traduction anglaise du texte relatant l'histoire de Duratra à l'époque où l'Empire ottoman était à son apogée, mais sans parvenir à mieux se concentrer que la première fois. Au lieu de chercher à retrouver des traces du passage de Catherine ou des indices concernant le pendentif dans les peintures et l'histoire de ce beau pays, elle pensait à Khal et espérait le revoir, tout en sachant qu'il y avait peu de chances pour que cela arrive.

Après l'avoir quitté la veille dans la cour, elle avait revécu mentalement leur rencontre dans les moindres détails. Au début, elle l'avait pris pour un touriste, mais se disait maintenant qu'il travaillait peut-être au palais. Et qu'en fait, il connaissait Wahed. Mais elle n'avait pas posé la question à ce dernier en le revoyant ce matin, naturellement.

En restant dans le doute, Star pouvait s'imaginer qu'elle avait rencontré un prince venu clandestinement d'un royaume voisin en mission secrète. Un homme audacieux qui, face au péril, aurait besoin de son aide pour s'échapper de Burami, avant qu'ils ne s'enfuient ensemble et galopent à bride abattue dans le désert…

Elle éclata de rire en se traitant d'idiote, faisant sursauter les autres visiteurs. Elle n'était jamais montée à cheval de sa vie ! Mais être dans les bras de Khal…

La chaleur l'envahit de nouveau, de la tête aux pieds. Le regarder, ç'avait été comme regarder le soleil. Personne n'avait jamais produit cet effet sur elle. Star connaissait ce phénomène pour l'avoir vu décrit dans des romans, des tas de fois, mais cela n'avait jamais été pour elle qu'une métaphore. Une fois dans sa chambre d'hôtel la veille au soir, elle avait repensé à Khal, l'avait revu devant elle, scrutant son visage, fouillant son regard, et hop, elle s'était embrasée, à chaque fois. Même à présent, elle avait le visage en feu et s'éventa avec le dépliant fourni à l'entrée de l'exposition, sans faire attention, si bien qu'elle faillit éborgner un touriste allemand.

S'avançant dans la salle, elle fut attirée par une tapisserie qui recouvrait quasiment tout un mur. Au lieu de lire la petite plaque explicative, Star recula pour voir la tapisserie dans son ensemble, fascinée par les rouges profonds et les rehauts dorés qui avaient résisté au temps.

Catherine avait-elle vu cette merveille ? S'était-elle tenue là à la contempler, y cherchant une signification cachée comme Khal avait paru chercher une réponse dans ses yeux ? Star s'interdit de penser à lui. Elle ferait mieux de se concentrer sur ses recherches. Le temps filait à toute allure et elle devait prouver à ses sœurs qu'elle était capable de faire sa part et de se débrouiller sans elles à l'autre bout de la planète, qu'elle n'avait besoin ni de leur soutien, ni de leur protection, ni de leur sollicitude. Elle gérait brillamment une classe de trente élèves âgés de six à sept ans, non ?

Un flash jaillit sur sa gauche. Wahed traversa aussitôt le vaste espace pour rappeler à la compagne du touriste allemand qu'il était interdit de prendre des photos, avant de lui désigner le panneau rédigé en plusieurs langues, dont l'allemand. Entendant le couple protester, Star préféra ressortir de la salle et aller respirer un peu.

Alors qu'elle essayait de s'orienter et cherchait des repères, la chaleur désormais familière l'envahit. Elle s'immobilisa, ferma les yeux et se concentra pour tâcher de se ressaisir. Le pouls lui martelait les tempes, des frissons la parcouraient. Quand elle rouvrit les yeux, elle vit une haute silhouette émerger au bout du couloir et s'avancer dans sa direction. Son cœur s'emballa, lorsque, au lieu de continuer sa trajectoire, l'homme quitta le couloir pour entrer dans la ravissante cour se trouvant de l'autre côté de la grande paroi vitrée qui séparait le couloir de la partie du palais dévolue à l'exposition.

Star posa la main sur le verre dont la surface froide absorba la chaleur de sa peau. Heurter un homme par accident, c'était une chose, mais l'approcher délibérément… Elle ferait vraiment mieux de regagner l'exposition.

Khalif s'appuya la nuque au dossier du banc de bois et offrit son visage au soleil. Les yeux fermés, il revit en pensée Star faisant la même chose la veille. Pourquoi ne pouvait-il se sortir cette femme de la tête ? Durant son rendez-vous avec Reza, le Premier ministre de Duratra, il n'avait songé qu'à elle.

— Si je ne te connaissais pas mieux, avait plaisanté son plus vieil ami, je te demanderais son nom.

Évitant de répliquer, Khalif avait embrayé sur autre chose avant de quitter Reza pour se rendre à la réunion avec son équipe et cheikh Abbad al-Jabbal. Mais il ne pouvait s'empêcher de se rappeler le son mélodieux et insouciant du rire de Star. Et puis, le fait de la savoir au palais, en train de poursuivre sa visite de l'exposition, ne l'aidait pas à l'oublier.

Durant l'heure passée à s'entretenir avec le père de Samira, il en avait été tout autrement. Ce dernier avait désapprouvé quasiment toutes les propositions présentées par l'équipe. Khalif ne l'en blâmait pas. Il savait qu'ils n'avaient pas encore trouvé le meilleur moyen de rendre hommage aux disparus. À vrai dire, la solution idéale n'existait pas. Rien n'aurait pu convenir. Parce qu'il n'y avait rien de juste dans la mort de son frère et de sa belle-sœur. Alors, comment un mémorial pourrait-il rendre hommage à cette mort ?

— Ça alors ! Je ne m'attendais pas à vous voir ici !

Rouvrant les yeux, il vit Star, debout au centre de la cour comme si elle venait d'apparaître devant lui par magie.

— Comment êtes-vous…

Khalif s'interrompit en voyant des agents surgir de tous côtés derrière la paroi vitrée, prêts à dégainer leur arme et à se précipiter dans la cour. Il les foudroya du regard, tout en se demandant comment une étrangère avait bien pu passer sans encombre les barrages de sécurité. Ses agents étaient hautement qualifiés, bon sang ! Khalif les arrêta d'un geste de la main et reporta son attention sur Star qui le contemplait toujours, totalement inconsciente de l'émoi qu'elle avait suscité.

— J'espère que cela ne vous dérange pas… Je… Je vous ai aperçu et vous aviez l'air…

Elle haussa les épaules et n'acheva pas sa phrase. Puis elle regarda autour d'elle, lui laissant le temps de promener son regard sur le foulard en coton bleu outremer, la jupe longue gris souris et le T-shirt blanc sous la veste en jean. Elle n'avait décidément rien de commun avec les créatures glamour qu'il avait eu l'occasion de croiser lors de ses séjours dans les capitales européennes. Les bracelets cliquetèrent légèrement tandis qu'elle se rapprochait de l'urne géante installée au milieu de la cour et contenant des plantes rares.

—… affamé, poursuivit-elle en se penchant pour inhaler le parfum des fleurs rouge vermillon.

— Pardon ?

Elle se redressa et lui sourit.

— Vous aviez l'air affamé.

— Ah oui ? fit-il, surpris.

— Je me trompe ?

— Eh bien, non, mais…

Star s'assit à côté de lui et posa entre eux le grand sac en toile qu'elle portait en bandoulière. L'instant d'après, elle en sortit une grosse boîte en plastique, un thermos de taille moyenne, puis une boîte plus petite qu'elle lui tendit en disant :

— Vous voulez bien l'ouvrir ?

Durant quelques secondes, Khalif la dévisagea avec stupeur avant de reprendre ses esprits et de faire ce qu'elle lui avait demandé en ne pouvant s'empêcher de sourire. Comme la veille. La spontanéité de Star lui faisait un bien fou. Cela faisait si longtemps que plus personne ne le traitait en égal…

Il souleva le couvercle de la boîte tandis qu'un arôme de persil, de coriandre et de sauce tomate lui chatouillait les narines et le faisait saliver.

— Ça alors… Où vous êtes-vous procuré ce *mahshi ?*

— À mon hôtel, répondit-elle en prenant l'une des courgettes farcies de riz et de légumes. Le chef m'a assuré que cela ne le dérangeait pas du tout de m'en préparer.

— Je vois…, acquiesça Khalif.

Personne ne pouvait résister à cette jeune Anglaise… Il se servit à son tour et hocha bientôt la tête en mangeant. Le chef de son hôtel était doué ! Quant à lui, il ne s'en était pas rendu compte mais il mourait littéralement de faim.

— Nous discutions ensemble hier soir et il m'a dit…

Du coin de l'œil, il vit les agents de sécurité s'entretenir avec Amin, manifestement scandalisé de voir son futur souverain partager le déjeuner d'une étrangère. Son secrétaire privé préférerait peut-être que la nourriture soit empoisonnée. Une fois débarrassé de Khalif, il pourrait remplir ses fonctions sans entrave. Parce que, de toute évidence, c'était ainsi que le voyait Amin : comme un frein.

Star continuait de parler, mais en regardant droit devant elle et à grand renfort de gestes des mains, sans se rendre compte que la sauce tomate risquait d'atterrir sur son pantalon. Elle pourrait effectivement être une espionne ayant pour mission de l'empoisonner, sauf qu'aucune menace ne pesait sur le pays ou sur la famille royale depuis plus de cent ans. L'accident d'hélicoptère qui avait coûté la vie à Faizan avait fait l'objet d'enquêtes menées conjointement par Duratra et une équipe internationale, toutes les deux ayant conclu à une défaillance mécanique. Un décès *accidentel*. Le terme lui avait paru si cruel que chaque fois qu'il y repensait, Khalif frémissait intérieurement.

— C'est si délicieux que je ne pouvais pas refuser..., dit-elle en lui tendant une portion de pain pita et un petit pot de houmous.

Et tout à coup, Khalif envia Star d'être aussi naturelle, aussi directe et aussi... adorable. Quand il étala le houmous sur son pain plat et le glissa entre ses lèvres, il vit son secrétaire privé lever les bras au ciel d'un air si indigné qu'il faillit éclater de rire. Ce n'était qu'une bien petite victoire sur cet homme moralisateur et coincé, certes, mais qui le réjouissait néanmoins.

— C'est le meilleur *mahshi* que j'aie jamais mangé, dit Star en soupirant, tout en s'appuyant au dossier du banc.

— Vous en avez mangé tant que cela ? répliqua-t-il en riant.

Elle hocha la tête, son sourire illumina ses yeux qui étaient légèrement plus clairs que la veille.

— Oui. Ma mère a un mode de vie... alternatif, chuchota-t-elle, comme si elle lui confiait un secret. Mais elle a énormément voyagé quand elle était jeune et cela a influencé son alimentation. Nous sommes toutes végétariennes alors nous cuisinons beaucoup. Et aussi parce que nous n'étions pas très riches quand nous étions petites.

— Que font-ils ? Vos parents, je veux dire.

Elle aurait dû s'y attendre. D'habitude, Star le sentait venir. Mais avec Khal, elle s'était laissé surprendre et n'avait pas été préparée à la douleur aiguë qui lui traversa la poitrine.

— Mon père est mort alors que je n'avais que quelques mois. Il était menuisier.

— Cela a dû être très difficile. Je suis désolé que vous l'ayez perdu dès votre plus jeune âge.

Cette fois, elle ne chercha pas à se protéger. Elle voulait sentir la chaleur, la flamme qui s'allumait en elle lorsque

Khal la regardait ainsi, même si elle se reprochait de s'en servir pour éviter la douleur.

— Et moi je suis désolée pour vous.

Il fronça les sourcils, s'apprêta à secouer la tête, mais Star lui posa la main sur le bras pour l'en empêcher.

— Excusez-moi d'avoir été indiscrète. Je ne sais pas qui vous avez perdu… Mais je le sens.

Khal hocha la tête. Une seule fois. Il acceptait son réconfort mais lui signifiait en même temps qu'ils en resteraient là.

— Ma mère nous en faisait très souvent, mais maintenant elle s'intéresse aux bougies magiques, reprit Star pour changer de sujet.

— Les bougies… ? répéta-t-il, l'air abasourdi.

Évidemment…

— Magiques. Ça la rend heureuse, c'est inoffensif, alors…

— Alternatif, hein ? fit-il en s'essuyant les mains avec l'une des serviettes en papier fournies par le chef. Vous êtes la plus jeune ?

— Comment savez-vous que… ?

— Vous avez dit que vous étiez *toutes* végétariennes, et vous n'avez rien d'une fille unique.

— Je suis au milieu. Skye est plus âgée et Summer plus jeune.

— Et elles ont toutes les deux… ?

Il désigna la mèche de cheveux qui s'était échappée de son foulard.

— Non ! s'exclama Star en la remettant à sa place. Seulement moi. Skye est brune et Summer blonde comme les blés.

Voyant qu'il la dévisageait d'un air perplexe, elle eut pitié de lui.

— Nous sommes des demi-sœurs, en fait. Mais nous nous considérons comme des sœurs à part entière.

— Vous avez des pères différents ? demanda Khal d'un ton neutre.

Elle lui en fut reconnaissante. Tout le monde n'était pas aussi tolérant…

— Cela nous a valu des tas de questions et de jugements quand nous étions plus jeunes, et *beaucoup* de regards noirs.

Persuadées qu'elle avait toujours la tête dans les nuages, Skye et Summer croyaient qu'elle ne s'en était pas aperçue mais elles se trompaient. Longtemps avant sa malheureuse rencontre avec ses grands-parents, Star avait bien remarqué la façon dont les voisins et certains parents, puis leurs enfants eux-mêmes, les traitaient, jugeaient, et excluaient.

— Ah.

— Vous avez connu cela ? demanda-t-elle en inclinant la tête de côté.

— Un peu, reconnut-il. Mais pour d'autres raisons.

Lentement, Star laissa descendre son regard sur la veste du costume coupé sur mesure, la montre en or, les lunettes de soleil de créateur sortant de la poche de poitrine et sourit gentiment.

— Vous avez des parents riches ?

— En quelque sorte.

— Riches et *puissants*…

À ces mots, il éclata de rire, donnant à Star l'impression d'avoir réussi un petit miracle.

— Les enfants peuvent être cruels sans le vouloir, dit-elle.

Fermant les yeux, elle soupira en songeant à son travail d'assistante pédagogique et s'autorisa un instant à savourer la caresse du soleil sur sa peau. C'était un tel soulagement de pouvoir parler à quelqu'un. Les yeux toujours fermés, elle vit Khal en pensée, suivit mentalement la ligne de la mâchoire volontaire recouverte d'une barbe de deux jours entretenue avec soin, caressa du bout du pouce la belle bouche sensuelle… Un frémissement la parcourut, comme si *elle* avait été caressée… Rouvrant les yeux, elle croisa le regard étincelant de Khal et sentit son cœur frémir. De pure joie.

Il ne détourna pas les yeux et continua de fouiller les siens.

L'espace d'un bref instant, elle crut qu'il allait l'embrasser. Puis il battit des cils, et le charme fut rompu.

— Qu'avez-vous vu de l'exposition, aujourd'hui ?

Star inspira profondément et redescendit sur terre.

— L'invasion ottomane.

— Ah. Période particulièrement violente et difficile.

— C'est l'impression que j'ai eue. Sa Majesté cheikh Omar ne pouvait pas permettre que l'enlèvement de sa fille reste impuni.

Non, en effet, acquiesça Khalif en son for intérieur. Mais que penserait Star s'il lui disait qu'à en croire la rumeur familiale, la fille d'Omar ne s'était pas fait enlever mais s'était enfuie de son plein gré pour aller retrouver un prince turc et, ce faisant, avait failli provoquer involontairement une guerre.

— Et demain ?

Quel imbécile ! Mais il était trop tard pour revenir en arrière. Il avait bel et bien posé la question, alors qu'il aurait dû se ficher de ce que Star avait prévu pour le lendemain.

— Demain, c'est la période des Fatimides, répondit-elle avec un sourire radieux.

— Vous vous intéressez à l'histoire ? demanda Khalif malgré lui.

— Oui, j'aime voir comment tout est lié. Comment une génération a des répercussions sur la suivante.

Ses yeux étaient plus bleus que verts, à présent. Limpides, transparents.

— Que cherchez-vous ?

— Qui a dit que je cherchais quelque chose ? répliqua-t-elle précipitamment.

Son regard s'était assombri, remarqua-t-il, intrigué.

— Pour tout vous dire, je fais des recherches pour ma famille, enchaîna-t-elle plus posément.

Elle se pencha, lui prit le poignet et le retourna pour voir le cadran de sa montre. Le geste avait été si rapide que Khalif n'avait même pas eu le temps de songer à l'en empêcher. Il n'y avait rien eu de sensuel dans ce geste, ce n'était pas une ébauche de flirt, et pourtant, il l'avait fait tressaillir au plus profond de son être.

— Je dois y retourner. Il faut que je sache ce qui est arrivé à la fille de Sa Majesté cheikh Omar avant la fermeture.

Puis, sans lui laisser le temps de la saluer, elle franchit le porche, passa devant les sept costauds en costume noir qui la suivirent des yeux, subjugués, et disparut de sa vue.

Allongée dans son lit ce soir-là, Star repensa à ce qu'elle venait de découvrir en poursuivant sa visite de l'exposition. La fille d'Omar avait été forcée d'épouser un prince turc. Comme Catherine avait dû épouser son horrible cousin dont le seul but était de mettre la main sur les Diamants Soames.

« Mon époux les a toujours convoités. Et, bien que la société l'ait jugé digne d'obtenir ma main, je ne le juge pas digne de les posséder. Ils représentent les seuls biens appartenant à la lignée féminine et je veillerai à ce qu'il en demeure ainsi. »

Depuis qu'elles avaient trouvé les carnets dans lesquels Catherine avait écrit son journal intime, Star avait lu et relu la traduction des messages codés effectuée par Summer. Pour leur ancêtre, le mariage avait équivalu à un emprisonnement. Mais pour elle ? Star avait toujours pensé en secret qu'elle aimerait se marier. Avec un homme prêt à proclamer son amour pour elle aux yeux du monde entier. Elle rêvait d'être reconnue publiquement, entièrement, comme sa femme. Et bien que ne l'ayant jamais avoué à Mariam, elle ne pouvait s'empêcher de se demander ce que sa vie aurait été si ses parents s'étaient mariés, si cela aurait changé quelque chose dans l'esprit et l'attitude de ses grands-parents, s'ils auraient joué un rôle positif dans sa vie au lieu de…

S'interdisant de continuer dans cette voie parce que ce n'était jamais bon pour elle, Star se dit qu'elle pourrait appeler

Skye au Costa Rica. Son séjour à Duratra s'achèverait bientôt et elle commençait à désespérer d'arriver à un résultat. Il ne lui restait que deux jours. Que se passerait-il si elle repartait sans le pendentif ? Quelles seraient les conséquences pour sa mère ? Star avait de plus en plus de mal à refouler ces questions. Mais si elle en parlait à Skye, sa sœur lui dirait de rentrer en Angleterre. Or elle ne voulait pas abréger son séjour. Elle aurait pu appeler Summer, dans le Norfolk, mais Star ne voulait pas non plus entendre sa petite sœur la rassurer gentiment, lui dire de ne pas s'inquiéter, que de toute façon, ce voyage au Moyen-Orient avait toujours eu peu de chances d'aboutir à quelque chose.

Elle se tourna sur le côté et inspira profondément, puis ferma les yeux et vit le visage de Khal, les beaux yeux sombres au fond desquels couvait une lueur… d'intérêt ? Était-ce bien ce qu'elle avait vu dans le regard fouillant le sien ? Son cœur se mit à battre la chamade à la perspective de le revoir le lendemain. Et encore plus vite à la pensée de ne pas le revoir.

Deux jours, il lui restait deux jours. Mais cette fois, ce n'était pas l'éventualité de ne pas revoir Khal le lendemain qui lui faisait battre douloureusement le cœur.

C'était la crainte de ne pas trouver le pendentif.

Quand, en fin d'après-midi, il avait demandé à Wahed s'il avait vu Star, celui-ci lui avait répondu qu'elle était déjà partie. Mais le simple fait de savoir qu'elle reviendrait le lendemain rendait Khalif… impatient, presque heureux. Comme si la quasi-certitude de la revoir lui faisait du bien.

Aussi avait-il reçu un choc en constatant ce matin qu'elle n'était pas là. Il avait même été la proie d'un accès de panique à la pensée de ne jamais la revoir, de ne jamais savoir ce qu'elle cherchait, de ne plus jamais voir opérer son charme naturel sur tous ceux qu'elle rencontrait. De ne jamais plus éprouver la sensation de paix que lui avait procurée sa présence… Il se surprit à arpenter les couloirs, passant et repassant devant le PC sécurité pour voir si les agents la fixaient sur les écrans. Khalif dut même faire un effort pour ne pas leur demander s'ils l'avaient aperçue.

En fin d'après-midi, il était dans un tel état qu'il en conclut que c'était une bonne chose que Star soit sortie de sa vie. Qu'aurait-il fait s'il l'avait revue, de toute façon ? Cette simple pensée suffisait à susciter un flot d'images troublantes qu'il se força à bannir de son esprit. Il n'était plus en mesure de satisfaire ce genre de caprice. Sa vie, son avenir étaient programmés. Dans trois ans, quand il aurait prouvé qu'il était capable de gouverner son pays en attendant que ses nièces soient en âge de le faire, il épouserait une femme sélectionnée pour son pedigree et capable de régner à ses côtés. Et qui n'aurait pas des cheveux couleur de feu et des yeux magnifiques dans lesquels il aurait aimé se noyer.

Khalif quitta son bureau en se félicitant d'avoir vaincu la tentation, lorsqu'il s'arrêta net en haut des trois marches en apercevant Star qui, immobile un peu plus loin, le regardait en souriant.

Cet endroit, ces marches ne signifiaient rien pour elle, naturellement, ni pour personne d'autre, d'ailleurs, mais pour lui, elles représentaient un symbole ô combien douloureux. Khalif avait passé plus de sept cents heures à attendre son père et son frère assis sur ces quelques marches. Bien qu'ayant été exclu des cours particuliers donnés par leur père à Faizan, cours allant de la gouvernance et de la politique internationale aux langues étrangères et aux études commerciales, il les avait attendus pendant deux heures chaque jour, pendant une année entière.

Mais à présent, Khalif savait ce qu'il devait faire – continuer son chemin et se rendre à la réunion du Conseil.

Au lieu de cela, il resta immobile et poussa un soupir de soulagement.

— Vous savez maintenant que tout s'est bien terminé, dit-il en admirant le jeu des reflets acajou dans la somptueuse chevelure bouclée. C'est toujours comme cela, quand on considère a posteriori l'histoire d'un pays. Vous auriez dû commencer par la période omeyyade, qui a été particulièrement riche et a produit des merveilles en matière de ferronnerie et de textiles.

— Et vous, vous auriez dû me servir de guide, répliqua-t-elle avec un sourire éblouissant.

— J'en aurais été honoré, déclara-t-il, sincère. Vous partez ?

Une ombre voila les yeux clairs. Pourquoi cette tristesse ?

— Oui, demain.

Le léger haussement d'épaules de Star galvanisa Khalif. La voix douce et mélodieuse produisait un effet irrésistible sur lui, sur ses sens, l'entraînant dans une voie qu'il brûlait d'explorer.

— Le désirez-vous ?

— Je désire voir mes sœurs, et ma mère, mais… Je n'ai pas trouvé ce que je cherchais.

— Je peux faire quelque chose pour vous aider ?

— Non, hélas, répondit-elle avec un soupir las.

Il en sentit le poids. Il aurait fait n'importe quoi pour alléger le fardeau qui semblait peser sur elle.

— Qu'aimeriez-vous faire, avant de quitter Duratra ?

Elle avait échoué, songea Star avec une incommensurable tristesse. Elle n'avait pas été capable de remplir son rôle et cet échec aurait des répercussions terribles pour ses sœurs, et surtout sa mère. Elle venait de parler avec Summer. Elle avait eu l'intention de le lui dire d'emblée, de lui expliquer qu'elle allait rentrer les mains vides, mais sa sœur était si excitée, si heureuse que Skye ait trouvé le plan, que Star n'en avait pas eu le courage. Et lorsque, à la fin de la conversation téléphonique, Summer lui avait demandé, la voix pleine d'espoir, si elle avait réussi à mettre la main sur le pendentif, Star avait été forcée de la décevoir.

Ses sœurs avaient eu raison de ne pas lui faire confiance. Elle venait de leur donner la preuve de son incompétence. Comment avait-elle pu se croire capable d'y arriver toute seule ?

Le cœur affreusement lourd, Star n'avait plus qu'un désir : ne plus penser, ne plus s'inquiéter, ne plus s'en vouloir. Khal lui avait offert son aide, mais uniquement par politesse. Il avait autre chose à faire que de s'occuper d'elle. En outre, elle en avait assez qu'on s'occupe d'elle.

— Y a-t-il des choses que vous n'avez pas eu le temps de voir ? Des lieux que vous auriez aimé visiter…

— Je ne peux pas rester plus longtemps, alors…

— En fait, vous n'avez rien vu de Burami, je me trompe ?

La bonne volonté évidente de Khal lui mit du baume au cœur. Peut-être que le temps d'un soir, au lieu de se faire du souci pour sa mère, elle pourrait oublier la réalité qui l'attendait en Angleterre ? Se conduire en simple touriste passant sa dernière soirée à Duratra ?

— En dehors de mon hôtel et de l'exposition, et du trajet pour m'y rendre, je n'ai pas vu pas grand-chose, c'est vrai…

— Ce serait vraiment dommage que vous repartiez sans avoir eu un aperçu de Burami la nuit.

Star éclata de rire.

— Je reprends l'avion demain – que pouvez-vous me faire découvrir d'ici là ?

Un éclat fauve incendia les yeux sombres.

— Tout, déclara Khal en lui tendant la main.

Prendre cette main équivalait à sauter dans un précipice, pressentit Star. Mais comment résister à la tentation ?

Et puis, que risquait-elle, au fond ?

3.

Au lieu de l'entraîner vers la sortie donnant sur la rue, Khal prit un couloir qui s'enfonçait au contraire dans le palais mais Star ne lui posa pas de questions, trop concentrée sur les étincelles qui montaient de sa paume soudée à la sienne et se répandaient dans tout son bras.

Soudain, il s'arrêta avant de s'engager dans un autre couloir et se tourna vers elle en se posant un doigt sur les lèvres.

— Vous m'emmenez explorer le palais ? chuchota-t-elle. En cachette ?

— Oui.

Il s'avança d'un pas et scruta le couloir dans un sens puis dans l'autre.

— Vous vous livrez souvent à ce petit jeu ? murmura Star.

Un éclat malicieux envahit les yeux sombres.

— *Très* souvent.

Ils avaient à peine repris leur chemin que des voix résonnèrent à proximité. Des gardes, sans doute…

D'un mouvement rapide, Khal la fit pivoter sur elle-même et l'adossa au mur avant de poser les mains de chaque côté de sa tête en pressant son corps musclé contre le sien.

Il ne s'agissait plus d'un jeu, à présent. Ils se regardaient dans les yeux, et d'aussi près Star distinguait des pépites dorées dans les beaux yeux bruns. Elle sentit son souffle chaud lui caresser la peau et ne put s'empêcher d'inhaler les senteurs boisées, masculines, émanant du corps viril.

Lorsque Khal pencha légèrement la tête, elle vit ses narines frémir imperceptiblement. Le peu d'espace séparant leurs deux corps diminua encore. En plus des voix, on entendait maintenant des bruits de pas se rapprocher. Le cœur battant à tout rompre, elle appuya son dos contre le mur comme si cela suffirait à les rendre invisibles tous les deux. Que se passerait-il si les gardes les surprenaient ? Star entrouvrit les lèvres pour poser la question à Khal… et sentit son pouce se poser sur sa bouche. Le geste était destiné à l'empêcher de parler, mais il eut pour effet d'accélérer les battements de son cœur.

L'espace d'un instant, elle eut envie de mordre le pouce de Khal, de le retenir avant qu'il ne laisse retomber sa main. Toute peur l'avait désertée, elle n'éprouvait plus qu'une exultation insensée, encore jamais ressentie. Les bruits de pas semblaient faire écho au pouls qui lui martelait les temps…

— Risquons-nous d'avoir de gros ennuis ? chuchota-t-elle contre le pouce toujours posé sur ses lèvres.

Les pépites dorées flamboyèrent.

— Non, murmura-t-il avec une arrogance stupéfiante.

Les pas s'éloignèrent, mais Khalif attendit que le silence complet soit revenu pour s'écarter à regret de Star. Le cœur lui tambourinant les côtes, il s'avança dans le hall en la tenant par la main, espérant que quelqu'un allait surgir… et le contraire. C'était bien la première fois qu'il introduisait une femme en douce dans le palais.

Plus que quatre pas avant d'atteindre le bas de l'escalier. Il pouvait encore changer d'avis. Repartir en sens inverse.

Plus que trois. Les doigts de Star se resserrèrent légèrement autour des siens.

Plus que deux. Khalif leva les yeux vers le haut de l'escalier puis se retourna pour jeter un coup d'œil dans le hall.

Il ne restait plus qu'un pas…

Ils montèrent les marches en courant comme s'ils avaient les gardes à leurs trousses. Khal poussa la porte, ils entrèrent précipitamment et il referma la porte, soulagé et étonné d'avoir pu arriver jusque-là sans se faire repérer.

Adossé à la porte, il regarda Star pivoter sur elle-même pour examiner la pièce. Que pensait-elle du vaste salon dont un mur était recouvert de rayonnages de livres, face à un écran de télévision géant ? Le coin salon à proprement parler était quasiment inexistant parce que conçu de manière à intégrer câbles divers et dispositifs de sécurité.

— Sommes-nous chez quelqu'un ? demanda-t-elle en contemplant la cuisine ouverte que Khalif n'avait quasiment jamais utilisée.

— Ne vous inquiétez pas, je connais bien le propriétaire.

Se rapprochant de la baie vitrée entrouverte, elle se faufila entre les deux panneaux de verre et sortit sur le balcon de pierre.

Toujours immobile à l'entrée de la pièce, Khalif ne pouvait effacer la sensation des lèvres pulpeuses sous son pouce, du corps doux et mince prisonnier du sien, des seins se soulevant à chaque souffle contre sa poitrine… Trois ans d'abstinence ne l'avaient pas tué mais une nuit sans elle risquait de l'achever.

Non. Il avait amené Star chez lui pour lui faire plaisir. À cause de l'expression désolée, presque désespérée, qu'il avait vue dans son regard. Il ne permettrait pas qu'elle reparte avec un sentiment d'échec. Quelle que soit la recherche qui l'avait conduite à Duratra. Khalif sortit son smartphone de sa poche, envoya un SMS demandant qu'on lui apporte des rafraîchissements, puis un autre à Reza pour annuler leur rendez-vous. Ensuite, il mit l'appareil en mode silencieux pour éviter les rafales de questions que ne manquerait pas de lui poser son vieil ami.

Les mâchoires crispées, il s'ordonna de se détendre et sortit à son tour sur le balcon. Il aimait les palmiers en pot disposés de chaque côté. Les motifs sculptés dans la pierre rouge de la balustrade. Une partie du balcon était protégée par un auvent couleur ivoire sous lequel étaient installées une table et des chaises, mais Star n'avait pas tourné les yeux de ce côté-là, trop occupée à contempler la ville s'étalant en contrebas, sous le ciel qui prenait des teintes violacées et où les étoiles scintillaient déjà comme des diamants.

— Quel panorama grandiose…, chuchota-t-elle sans le regarder. On voit tout Burami ?

— Quasiment, oui.

C'était le comble de la folie, d'avoir amené une femme dans ses appartements. Khalif ne s'était encore jamais permis une telle audace. Il entendit la porte s'ouvrir doucement, quelqu'un entrer et s'affairer quelques instants dans la cuisine, puis le bruit de la porte qui se refermait. Star n'avait rien remarqué, toujours absorbée dans la contemplation de Burami où s'allumaient peu à peu mille lumières colorées.

Il rentra dans le salon, traversa le vaste espace, prit le plateau ainsi que le pichet de jus d'abricot et s'avança vers le balcon avant de s'arrêter à mi-chemin. Star lui tournait toujours le dos mais son foulard avait glissé sur ses épaules, découvrant ses cheveux…

Soulevé par la brise légère, le flot de boucles se répandait en reflets somptueux allant de l'acajou profond à l'ambre clair, évoquant le curcuma, le paprika, la cannelle. Elle avait ôté sa veste en jean, et le T-shirt bleu à longues manches laissait voir le cou délicat. La nuance bleu roi faisait ressortir la teinte de la chevelure bouclée, rappelant à Khalif une carte du ciel ancienne vue autrefois et déclinant un éventail de bleus et d'ors sur lesquels s'enchevêtraient des cercles, des lignes, des flèches et des étoiles, le tout visant à étayer une prédiction mystique.

Mystique. Star lui donnait une impression de surnaturel, réalisa-t-il soudain. Avec elle, il avait le sentiment de partager un domaine accessible à eux seuls.

Star sentit la présence de Khal derrière elle. Il lui accordait le temps dont elle avait besoin. Il y avait quelque chose de magique dans cet appartement privé du palais dominant la cité entourée de toutes parts par le désert. Elle aurait dû se méfier, s'inquiéter. Elle connaissait à peine Khal, après tout. Mais elle ne le voyait pas comme un étranger. Il était imposant physiquement mais, au lieu de l'effrayer, il faisait naître en elle des désirs inconnus dont Star n'avait entendu parler que dans les livres. Elle avait attendu longtemps pour trouver un homme capable de lui faire éprouver ces choses, et elle partait le lendemain.

Ses sœurs lui reprochaient de vivre dans ses rêves, mais elle n'était pas naïve. Elle savait que cette rencontre était vouée à la brièveté. Peu importait. Star désirait vivre cette soirée magique. À fond. Elle se passa la langue sur les lèvres, là où Khal avait posé son pouce. Un tressaillement la parcourut. Il partageait son trouble, elle en était certaine.

Lentement, elle se retourna, s'attendant à croiser le regard brûlant qu'elle avait senti sur son dos et ses épaules, mais Khal prenait des petites assiettes sur un plateau et les posait sur la table, auxquelles il ajouta deux verres et un pichet contenant la boisson reconnaissable à sa belle couleur orangée.

— Vous préférez peut-être une boisson alcoolisée… ?

— Non, merci, répondit Star en souriant. Dans ma famille, nous ne tenons pas bien l'alcool…

S'écartant de la balustrade en pierre rouge, elle se rapprocha de la table et s'installa de façon à faire face au panorama superbe. Khal lui tendit un verre d'*amareddine*, la boisson à base de pâte d'abricots séchée qui allait terriblement lui manquer une fois de retour en Angleterre.

Celle-ci était divinement bonne, encore meilleure que toutes celles qu'elle avait eu l'occasion de goûter depuis son arrivée à Duratra.

— Elle est *délicieuse*, dit Star en reposant son verre vide. Il va falloir que j'apprenne à la préparer.

Lorsque son regard croisa celui de Khal, elle y vit une telle chaleur, un tel désir qu'elle tourna aussitôt les yeux vers le paysage nocturne. Son cœur battait la chamade, des frissons brûlants naissaient au plus intime de sa féminité.

Quand elle se risqua à regarder Khal, il contemplait le désert avec un éclat farouche au fond des yeux, comme si celui-ci lui appartenait. C'était le même éclat qui avait incendié son regard un instant plus tôt. Sauvage et possessif.

Se sentant rougir, Star se concentra de nouveau sur la cité dont les contours se fondaient maintenant dans la nuit et se demanda si Catherine avait contemplé cette même vue. Elle avait relu les pages rédigées par son ancêtre durant son séjour à Duratra, mais sans trouver aucune description correspondant au paysage qui l'entourait maintenant.

— Je me demande à quoi ressemblait Burami il y a une centaine d'années, dit-elle dans un murmure.

Khal demeura silencieux si longtemps qu'elle crut qu'il ne l'avait pas entendue.

— Il y avait moins de métal, moins de chrome et de verre, et la cité s'étendait sur une superficie un peu moindre. Mais, il y a un siècle, Burami était déjà une cité florissante.

Fascinée, Star contempla le profil altier se découpant dans la lumière provenant du salon.

— Le marché que vous avez traversé en vous rendant au palais se trouve à la même place depuis presque trois cents ans, poursuivit Khal. La vue d'ensemble ne devait pas être très différente de celle que vous contemplez aujourd'hui. Le minaret et la croix, les tourelles de l'université – tout existait déjà. Nous avons toujours mélangé harmonieusement les cultures, les religions – mosquées et églises se côtoient, synagogues et temples… Et ce depuis l'aube de notre civilisation.

La fierté exsudait de ses paroles. Star eut la même impression que quelques instants plus tôt. Khal s'exprimait comme si cette cité, ce pays, lui appartenaient.

— Depuis quand votre famille vit-elle à Duratra ?

— Depuis des siècles.

— Ce doit être incroyable, ce sentiment d'appartenance à l'histoire, à une lignée d'ancêtres.

— C'est une façon de voir les choses. Et vous ?

— Nous venons tout juste de nous découvrir un grand-père, du côté de notre mère, répondit Star en soupirant.

— Et cette découverte vous a… déstabilisée ?

Elle faillit lui demander comment il l'avait deviné, mais son étonnement devait se voir sur son visage. Elle n'avait jamais été douée pour dissimuler ses émotions.

— Pas exactement, mais je… J'ai déçu mes sœurs. Et ma mère. Je n'ai pas été à la hauteur.

— Je connais ce sentiment. Vis-à-vis de mon frère. De mon père. Ils ne m'avaient pas vraiment choisi, dit Khal avant de s'interrompre brusquement.

— Choisi pour quoi faire ?

Il serra les mâchoires.

— Pour diriger l'entreprise familiale.

— Ah ? fit Star, surprise. Moi, je vous aurais choisi sans hésitation.

— Vous ne me connaissez pas, répliqua-t-il sombrement.

Elle aurait voulu le détromper. Une chanson à moitié oubliée résonna dans sa tête, « Je t'aime depuis mille ans… » Elle secoua la tête, au lieu de se préciser, les paroles s'éparpillèrent dans son esprit. Ensuite, un passage de l'un de ses romans préférés lui revint :

— « Ce n'est pas le temps ou les circonstances qui déterminent l'intimité, c'est une question de disposition. Sept ans ne suffiraient pas à certains pour arriver à se connaître, d'autres y parviennent en moins de sept jours. »

Khal éclata de rire, mais il n'y avait rien de moqueur dans son rire.

— Vous l'emportez avec vous en voyage ? demanda-t-il en haussant un sourcil.

— C'est de Jane Austen. Et on devrait toujours l'avoir sur soi, en effet.

— Oh ! vous faites partie de celles-là, répliqua-t-il, taquin.

— Si par « celles-là », vous entendez les lectrices de

romans d'amour, alors oui, j'en fais partie, déclara fièrement Star. Et il n'y a absolument rien de mal à cela.

— Je suis tout à fait d'accord avec vous, dit Khal en levant les mains en l'air.

— Non, vous acquiescez pour me faire plaisir, ce n'est pas la même chose, repartit-elle gentiment. C'est facile d'être cynique. Mais plus difficile de garder espoir, de s'accrocher au romantisme, de se laisser pénétrer par la joie et l'optimisme qu'il procure, de rester confiant.

— Confiant ?

— Oui, croire en l'amour, ne pas oublier qu'il finit par l'emporter sur tout le reste.

— Et si je vous dis que je n'y crois pas, cela vous anéantira ?

— Non, répliqua lentement Star. Mais cela diminue sérieusement vos chances de trouver l'amour vrai.

Quelque chose d'indéfinissable flotta entre eux. Une expression étrange traversa les yeux de Khal puis envahit tout son visage avant qu'il n'éclate à nouveau de rire. Et cette fois, sous-jacent à l'humour, Star perçut le poids qui pesait sur lui. Le poids qu'elle connaissait bien et qui l'enchaînait.

Elle plissa le front, pas à cause de cette sensation familière, mais parce que son attirance pour Khal était aussi singulière que brute, et que Star ne savait qu'en faire. Elle ne souhaitait pas en connaître la cause, Khal demeurait sur la réserve et elle-même n'était pas assez sûre d'elle pour évoquer la question.

Mais elle ne voulait pas non plus l'éviter. Sans pouvoir se l'expliquer, Star avait la certitude que, si elle s'en allait maintenant, elle ne revivrait jamais cette chose sur laquelle elle n'aurait su mettre un nom. Cette sensation qui pénétrait dans sa peau et se répandait jusque dans ses os, qui la prenait à la gorge et lui étreignait la poitrine. Ces ondes mystérieuses et délicieuses que Khal avait le pouvoir de faire naître en elle.

— Arrêtez, Star.

— De quoi parlez-vous ? demanda-t-elle dans un souffle.

Enveloppée dans une sorte de brume sensuelle, elle contempla la mâchoire volontaire et y vit un petit muscle tressaillir, comme si Khal éprouvait la même réticence qu'elle à évoquer ce qui vibrait entre eux.

— Arrêtez de me regarder de cette façon !

Que voyait-il dans ses yeux ? Comment le regardait-elle ?

— Dites-moi, chuchota Star d'une voix tremblante.

— Que voulez-vous que je vous dise ?

— Ce que vous voyez dans mon regard.

Il détourna les yeux en laissant échapper une exclamation en arabe, sans doute un juron, puis, après avoir inspiré profondément, il détacha son regard de l'horizon et l'arrêta sur la table, comme s'il avait besoin de temps avant de lever les yeux vers les siens. Et lorsqu'il la regarda enfin, Star se mit à trembler intérieurement.

— Il ne s'agit pas seulement de ce que je vois mais de ce que je ressens, dit-il, la voix rauque. Du feu prêt à me consumer. De ce désir si pur, si puissant, si… *naïf*… dans lequel je voudrais m'abandonner, me noyer…

Le regard de Khal sondait le sien, avec une force, une intensité dévastatrices.

— Dans vos yeux, je vois une flamme capable d'attiser le feu qui me dévore et contre lequel j'ai du mal à lutter.

Ces paroles l'atteignirent en plein cœur. Aucun roman ne l'avait préparée aux sensations qui la submergeaient.

— Par conséquent, vous devriez vous en aller, reprit Khal en détournant à nouveau les yeux.

Trop tard. Le mal était fait.

— Vous partez demain, ajouta-t-il, presque lugubre.

— Je sais, acquiesça Star.

— Je ne peux pas vous suivre.

— Je ne vous l'ai pas demandé.

Il ne pouvait quitter Duratra, c'était évident. De la même façon qu'elle devait rentrer en Angleterre et aller retrouver ses sœurs dans le Norfolk. En revanche, si elle fuyait ce que cette nuit lui promettait, Star ne se le pardonnerait jamais.

— Star, vous êtes…

— Vierge ? Oui. Vous croyez que cela m'empêche de savoir ce que je désire ?

— Non, mais je ne peux pas vous offrir ce que vous désirez.

— Vous craignez de ne pas être assez délicat avec moi ?

— Bien sûr que non.

— Seriez-vous égoïste et ne songeriez-vous qu'à votre plaisir ? insista Star, convaincue du contraire.

— Non, je…

— Ne seriez-vous pas un amant très doué ? répliqua-t-elle, par pur défi.

— Star…

La note de supplication colorant la belle voix grave la grisa, accroissant encore l'audace qu'elle se découvrait.

— Si je comprends bien, vous estimez que je devrais m'en aller et me chercher un homme qui ne m'attirerait pas, qui ne serait ni doué ni délicat et ne songerait qu'à ses désirs ?

Impossible de contester ce raisonnement.

Durant des années, Khalif avait essaimé l'Europe et conquis les plus belles femmes du monde, et pourtant, pas une seule d'entre elles n'avait suscité cette… alchimie qui brûlait entre eux, ni réduit sa volonté en cendres.

Star l'observait en silence, guettant une réaction, attendant sa réponse. Il sentait la chaleur de son regard sur sa peau. Il brûlait de prononcer les mots qu'elle espérait entendre mais les retenait parce qu'il devait être fort. Khalif tressaillit. Le combat était terminé. Il ferma à demi les yeux pour ne pas voir l'expression du regard de Star.

Sans dire un mot, elle se leva, s'approcha du balcon et scruta la nuit, puis baissa la tête, comme si elle s'avouait vaincue. Khal n'était pas arrogant au point de croire qu'il était la cause de cette défaite.

« J'ai déçu mes sœurs. »

« Je vous aurais choisi sans hésitation. »

« Ce n'est pas le temps ou les circonstances qui déterminent l'intimité... »

Le mot « intimité » lui fit l'effet d'un aimant l'attirant inexorablement vers elle. Son corps le poussait vers Star malgré lui. Khalif se leva à son tour et s'arrêta derrière elle, à quelques centimètres, l'esprit concentré sur toutes les raisons lui interdisant de céder à son désir tandis que son corps, sourd à ces mêmes raisons, brûlait de s'unir à celui de Star. Le cou fin et délicat semblait offert à son désir. Mais lorsque soudain elle tourna légèrement la tête, il comprit que Star s'exposait à lui dans toute sa vulnérabilité, qu'elle s'abandonnait complètement à lui. Et, à cet instant, il renonça à lutter.

Il posa les mains sur la balustrade de pierre, de chaque côté des siennes, l'enveloppant mais sans la toucher. Khalif sentit son pouls s'accélérer, un instinct, une pulsion primaire, vitale, prendre possession de lui. Et quand il posa ses lèvres sur la peau claire et douce, il émit un souhait, le premier depuis trois ans.

Le frisson qui le traversa se propagea en elle, si bien qu'il n'aurait pu dire si c'étaient ses jambes qui tremblaient ou bien celles de Star. Il se rapprocha, l'enveloppant tout entière tandis qu'elle renversait la tête en arrière et l'appuyait dans le creux de son épaule. La somptueuse chevelure se répandit sur son bras. Khalif détacha les mains de la balustrade et enlaça le corps mince, puis contempla le doux relief des seins visibles dans le décolleté. Le désir fusa en lui, presque sauvage.

— Khal..., murmura-t-elle, les yeux clos.

Le dernier verrou sauta. Khalif laissa remonter ses mains sur les seins doux et caressa les mamelons durcis, arrachant à Star un gémissement qui faillit avoir raison de son contrôle. Comme pour le provoquer, elle creusa les reins pour mieux sentir sa puissante érection. Le désir explosa en lui tandis qu'il mordillait doucement le cou offert. Elle frissonna de nouveau. Il sentit le frisson dans sa poitrine, ses mains, ses cuisses…

— Si tu veux que je m'arrête…

— Non, ne t'arrête pas, je t'en supplie…

Il pencha la tête et lui murmura à l'oreille :

— Je ne m'arrêterais pour rien au monde. Sauf si tu me le demandais.

— Je ne veux pas que tu…

— Écoute-moi, Star. Tu peux me le demander à n'importe quel moment, tu as compris ?

4.

Star se retourna entre ses bras et leva les yeux vers les siens pour lui montrer qu'elle lui faisait entièrement confiance.

— Oui, j'ai compris, dit-elle en soutenant son regard brûlant. Tu me montres ?

— Que veux-tu que je te montre ? demanda-t-il, la voix rauque.

Elle se mordilla la lèvre, puis sourit.

— À quel point tu es doué.

Les pupilles se dilatèrent, envahissant les prunelles sombres. Les hautes pommettes foncèrent. Khal prit possession de sa bouche avec passion, ses lèvres écrasant les siennes. Sa langue enlaça celle de Star, la faisant trembler de la tête aux pieds.

Et quand il la souleva dans ses bras, elle referma d'instinct les jambes autour des hanches étroites, ses longs cheveux les entourant comme un voile aux teintes cuivrées.

Les mains agrippées aux solides épaules, Star savoura la sensation des muscles fermes sous ses doigts, la force qui en émanait, contenue et brute, toute concentrée sur elle. Khal écarta les lèvres des siennes et la contempla comme si elle était la plus belle merveille du monde. Star y crut. Pour la première fois de sa vie, elle se sentit belle et désirée.

Le regard soudé au sien, il rentra dans le salon et le traversa à grands pas.

— Cela ne dérange pas ton ami que nous restions ici… ? murmura-t-elle. Que nous…

Elle s'interrompit, ne sachant comment formuler sa phrase, mais Khal l'avait comprise.

— Cela ne dérangera personne. Nous sommes... chez moi.

Il la dévisageait d'un air inquiet, remarqua Star avec étonnement. Comme s'il craignait sa réaction ou ses questions.

— D'accord, dit-elle simplement.

Le voyant entrouvrir les lèvres, elle attendit qu'il parle, mais comme il demeurait silencieux, elle répéta doucement :

— D'accord.

Puis elle pressa ses lèvres contre les siennes jusqu'à ce qu'il lui abandonne sa bouche. Et cette fois, ce fut elle qui chercha sa langue et l'entraîna dans une danse torride. Une force inconnue se libéra en elle. Un feu secret qui ne demandait qu'à s'embraser. Khal avait fait sauter des digues dont Star ignorait l'existence.

Elle s'abandonna aux sensations délicieuses qui la parcouraient et ferma les yeux pour mieux s'en délecter. Quand elle les rouvrit, il n'y avait plus trace d'inquiétude dans le regard de Khal. Rien que du désir. Poursuivant son chemin, il entra dans une pièce jouxtant le salon et orientée du même côté que celui-ci. Star aperçut un balcon, identique au premier. La lune déversait sa clarté dans la pièce, projetant un reflet irisé sur le lit immense aux draps blancs. Lorsque, lentement, Khal l'allongea sur le dos, elle leva les yeux et vit le voile diaphane suspendu à un crochet de bronze et ondulant souplement autour du lit. Une vraie couche princière...

Khal se redressa et recula d'un pas, avec un tel éclat prédateur au fond des yeux que Star le contempla en retenant son souffle.

Sans se presser, il tira sa chemise du pantalon et commença à la déboutonner, dévoilant petit à petit le torse à la peau hâlée. Lorsqu'il laissa tomber négligemment la chemise à ses pieds, Star put enfin contempler le torse musclé, les pectoraux parfaits...

Il se débarrassa du pantalon avec la même lenteur, la même

nonchalance. Quand elle le vit se redresser, un caleçon noir moulant les hanches étroites et l'impressionnante érection, elle ne put retenir un petit halètement.

— Je m'arrêterai quand tu voudras, Star.

— Je sais. Mais merci de me le rappeler, répliqua-t-elle, sincère.

De sa démarche souple et féline, il se rapprocha du lit et s'allongea au-dessus d'elle, son corps puissant couvrant le sien. Gagnée par un regain de nervosité, Star s'aperçut qu'elle tremblait, mais dès que les lèvres fermes et douces lui effleurèrent la peau, le tremblement se mua en frisson de désir pur.

Se redressant, Khal glissa les doigts sous son T-shirt et lui souleva le buste pour le lui ôter avant de le laisser tomber à côté du lit. Puis il descendit la fine bretelle sur son bras pour lui embrasser l'épaule en même temps qu'il dégrafait son soutien-gorge.

Quelques instants après, la bouche chaude se promenait sur son ventre tandis que Khal refermait les mains sur ses hanches et faisait glisser adroitement la petite culotte sur ses jambes. Doucement, il les écarta pour s'installer entre ses cuisses. Star n'était plus que sensations, elle ne pensait plus à rien.

Elle se sentait offerte et exposée, mais pas vulnérable. Seule lui importait l'excitation qui tourbillonnait en elle, et la plainte rauque qui franchit les lèvres de Khal la ravit. Et quand il l'embrassa à l'endroit le plus secret de son corps, l'Univers bascula.

Le flot de volupté qui se répandit en elle lui arracha un long gémissement. Star arqua le dos tandis que Khal lui maintenait fermement les hanches, puis donnait un coup de langue qui la fit haleter sans retenue.

Tout repère avait disparu. Elle était perdue. Dans le plaisir, les sensations. Khal l'avait libérée, épanouie.

Confusément, Star s'entendit le supplier entre deux halètements. Les longs doigts rejoignirent la langue experte, décuplant son plaisir. Mais cela ne lui suffisait pas. Star voulait le sentir en elle. Lui et seulement lui. Khal.

— Prends-moi… Maintenant…

Khalif aurait aimé la sentir jouir contre ses lèvres, la faire grimper jusqu'à l'extase avant de risquer de lui faire mal en la pénétrant pour la première fois. Mais il écarta néanmoins sa bouche du sexe offert et se redressa. Parce que ce qui comptait, c'était le désir de Star, pas le sien.

Et quand elle lui posa les mains sur les épaules pour l'attirer vers elle, il aurait été prêt à la suivre jusqu'au bout du monde. Appuyé sur les avant-bras, il embrassa la peau soyeuse qui portait la marque de ses doigts. Les marbrures roses auraient disparu au matin, mais dans l'immédiat, il fut traversé par une satisfaction presque animale en les découvrant. Comme s'il l'avait marquée comme sienne.

Doucement, il laissa glisser ses doigts sur une hanche ronde, ravi de voir Star frissonner et creuser les reins à la moindre caresse. Il effleura la taille fine, les côtes, avant de refermer la main sur un sein plein et moelleux.

Levant les yeux, Khalif croisa le regard de Star. Elle le regardait avec une telle intensité qu'il la dévisagea en retenant son souffle, fasciné par la beauté de son expression.

— Ce sera peut-être douloureux, mais je ferai disparaître la douleur, je te le promets, déclara-t-il gravement.

Et avec l'espoir qu'elle comprenne les limites de ce qu'il avait à lui offrir. Quand elle hocha la tête en silence, il tendit le bras vers le tiroir de la table de chevet pour y prendre la boîte de préservatifs dont il avait cru ne jamais avoir besoin.

Il en sortit un, déchira le sachet avec ses dents, excité par la chaleur du regard suivant le moindre de ses gestes. Khalif redressa la tête et la regarda : appuyée en arrière sur les coudes, elle le contemplait en se mordillant la lèvre. Quand il tendit la main pour repousser une boucle cuivrée de son visage, Star appuya la joue contre sa paume. Il eut envie de retenir l'instant. À tout jamais. Il ne souhaitait rien d'autre.

— Si tu as du mal à…

— Je te désire, Khal, l'interrompit-elle, les yeux étincelant comme des aigues-marines.

La confiance de Star le grisait. Faisant preuve d'un contrôle dont il se serait cru incapable, Khalif prit le beau visage entre ses mains et la pénétra doucement.

Comme il s'y attendait, elle se raidit, ferma les yeux puis inspira profondément, sans doute pour tenter de chasser la douleur. Il l'embrassa sous l'oreille et s'immobilisa.

— Laisse-toi aller, chuchota-t-il. Ça va passer.

Puis il attendit qu'elle soit prête. Elle continua à respirer profondément, ses seins moelleux se pressant contre sa poitrine tandis qu'il lui murmurait des mots de réconfort en arabe, lui répétait qu'elle pouvait compter sur lui. Qu'il était là pour elle et uniquement pour elle. Peu à peu, le corps de Star se détendit, elle rouvrit les yeux, et Khalif y vit de nouveau briller l'émerveillement et le désir. D'un petit hochement de tête, elle répondit à sa question muette et, lentement, il commença à bouger en elle.

Il jura en son for intérieur. Il pria le ciel. Jamais il n'avait rien ressenti de pareil. Elle était partout – autour de lui, sous lui. Khalif ne sentait plus qu'elle, l'air qu'il respirait ne contenait plus qu'elle. Le corps mince et souple ondulait sous lui en même temps qu'il bougeait en elle, leurs corps s'accordaient à merveille. Plus rien n'existait que le plaisir qu'ils se donnaient l'un à l'autre.

Levant la main, Star la lui referma sur la nuque, attira son visage vers le sien et l'embrassa. Un courant incandescent naquit au creux de ses reins et se propagea en lui. Leurs corps moites dansaient ensemble au rythme de leurs gémissements. Jamais il n'avait rien vécu d'aussi érotique.

Lorsqu'elle gémit dans sa bouche, Khalif absorba la plainte, leurs cris de plaisirs se répondaient, le rapprochant de plus en plus de l'orgasme. Quant à Star, elle était prête à basculer, si bien qu'il se sentit déchiré entre le désir de prolonger ces instants sublimes et celui de s'abîmer avec elle.

Mais quand elle souleva soudain les hanches pour l'attirer au plus profond et se laissa emporter par le courant, Khalif fut entraîné avec elle dans un orgasme d'une intensité extraordinaire. Il fut ébloui. Son esprit se vida de toute pensée. La lune disparut, l'océan se retira, le laissant sur le rivage, apaisé et repu.

Ils firent l'amour toute la nuit. À peine s'étaient-ils écartés l'un de l'autre qu'ils se cherchaient dans la semi-obscurité, avides de recommencer.

Jusqu'à ce que les premières lueurs de l'aube répandent leur pâle clarté dans la chambre. Quittant le lit, Khalif se dirigea vers la salle de bains, mais au moment où il s'apprêtait à jeter le préservatif usagé, il remarqua une petite déchirure.

Il ferma les yeux, serra les paupières pour ne plus la voir, en vain. Un mot résonnait dans son esprit, avec une force impitoyable.

Enceinte.

Star pourrait être enceinte et porter son enfant.

Réveillée par la caresse du soleil sur sa peau, Star souleva les paupières et revécut la nuit la plus fabuleuse de sa vie. Elle passa la main sur les draps blancs, émerveillée que tout ceci appartienne à Khal – le lit, cette suite luxueuse, dans l'enceinte même du palais… Refusant de se poser des questions, elle se concentra sur ce qu'ils avaient partagé en se disant que c'était le plus important.

Elle était si heureuse d'avoir attendu, de s'être préservée pour lui. Khal avait fait preuve d'une douceur et d'une générosité inouïes. Au souvenir du plaisir qu'il lui avait offert, une délicieuse chaleur lui monta aux joues.

Se demandant où était son amant, Star se redressa sur son séant et s'enveloppa dans un drap blanc, puis s'avança vers la porte donnant sur le salon lorsqu'elle entendit des voix, mais trop tard. Elle ouvrait déjà la porte.

Sidérée, elle s'immobilisa devant le tableau qui s'offrait à elle. Les poings sur les hanches, en costume noir et chemise blanche, Khal lui tournait à demi le dos. Lorsqu'il l'aperçut sur le seuil, une expression irritée empreignit ses traits nobles, puis son visage se ferma. Elle l'avait surpris en pleine conversation avec un autre homme, en costume noir lui aussi, et qui la fixait d'un air furieux à travers ses lunettes cerclées d'écaille.

Un léger mouvement attira le regard de Star. Un garde se tenait devant la porte ouvrant sur le couloir. Au même instant, elle vit une femme émerger de la cuisine avec une tasse fumante dans chaque main et une lueur d'empathie au fond des yeux.

Star secoua la tête, recula d'un pas et referma la porte. Peut-être que lorsqu'elle la rouvrirait ces inconnus auraient disparu. Et Khal lui expliquerait qu'elle avait rêvé.

Une minute plus tard, il vint la rejoindre, la mine toujours aussi sombre.

— Nous devons parler, déclara-t-il en refermant la porte.

À vrai dire, elle n'était pas certaine de vouloir *parler*, mais elle était soulagée de ne plus être dévisagée par des inconnus. Lorsque Khal s'avança vers elle, Star recula jusqu'à ce que ses jambes butent contre le lit et qu'elle se retrouve assise dessus.

Crispée, elle regarda Khal arpenter la pièce en se passant les doigts dans les cheveux d'un geste rageur. Les lèvres sensuelles, fermes et douces qui l'avaient vénérée la nuit passée, prononcèrent alors des paroles incompréhensibles.

Se forgeant à émerger de la brume qui lui obscurcissait

l'esprit, Star s'efforça de trouver un sens à ce qu'il venait de dire.

— Excuse-moi, tu peux répéter la dernière phrase ?

— Je suis cheikh Khalif al-Azhar, le premier dans l'ordre de succession au trône.

Khal… Cheikh. Prince…

Brusquement, elle repensa à sa façon de contempler la vue comme s'il en était le propriétaire. À ses échanges avec Wahed, comme s'ils se connaissaient de longue date. En outre, Khal – ou plutôt Khalif – vivait au palais.

Comment avait-elle pu être aussi aveugle ?

Elle avait été captivée par l'histoire romantique de Hatem et Catherine, mais elle connaissait la tragédie qui avait coûté la vie au prince héritier Faizan et à son épouse, et affecté si douloureusement leurs deux petites filles. Toute la presse en avait parlé, dans le monde entier. Elle avait vu la photo des jumelles avec leurs grands-parents, et un homme se tenant un peu en retrait, dans l'ombre. Khal.

Il lui avait menti.

— Star, commença-t-il, comme s'il lisait dans ses pensées. Tu ne m'as pas reconnu et je… Tu as été la première à…

Quelqu'un frappa à la porte.

— Pas maintenant ! cria-t-il.

Star fixa un point situé entre la porte et Khal – non, elle devait oublier Khal –, cheikh Khalif al-Azhar. Un mélange de souffrance, d'embarras et de honte l'envahit tandis qu'elle réalisait qu'il lui avait dissimulé son identité alors que, de son côté, elle avait été entièrement, absolument elle-même. Autrement dit, Star Soames, aussi banale et spontanée que d'habitude.

— Mais pourquoi ce… cette mise en scène ? demanda-t-elle lentement. Et pourquoi me dire la vérité maintenant ?

Il vint s'asseoir à côté d'elle sur le lit, mais en veillant à ce que leurs genoux ne se touchent pas.

— Ce matin, j'ai remarqué que le préservatif que je venais d'utiliser était déchiré, dit-il en regardant droit devant lui.

Star fronça les sourcils. Un préservatif s'était déchiré ? Et alors, qu'est-ce que…

— Tu penses que je pourrais être…

—… enceinte, enchaîna-t-il d'une voix gutturale.

Enceinte. À cette pensée, un flot de lumière et de joie envahit son cœur, son esprit, avant d'exploser en mille étincelles semblables à des éclats de diamants qui se volatilisèrent en poussière.

Lorsqu'elle s'imaginait tomber enceinte un jour, Star n'avait jamais échafaudé un tel scénario. Elle s'était vue partager sa joie avec son mari, mais certes pas éprouver un sentiment de confusion et d'incrédulité, face à un futur père aussi… hostile.

— Mais il y a très peu de risques, non ?

— Mes conseillers ne l'entendront pas de cette oreille, répondit-il avec une note de fatalité qui la fit frémir.

— Cela ne les regarde pas. Le seul à être concerné, c'est toi. Je prendrai l'avion tout à l'heure comme prévu et, dès que je pourrai faire un test de grossesse, je te communiquerai le résultat et nous en discuterons à ce moment-là.

Il sourit, d'un sourire dur et déterminé.

— Il n'y aura pas de discussion, Star.

Ne sachant comment interpréter ces paroles, elle scruta son profil jusqu'à ce qu'il tourne enfin les yeux vers elle et plonge son regard dans le sien.

— Oh…, murmura Star en sentant un tremblement lui parcourir le dos.

— Qu'y a-t-il ?

— Le « regard du cheikh ». Ça fonctionne avec le personnel et tes sujets ? fit-elle, faussement désinvolte.

— En général, oui, répliqua-t-il d'un ton froid et tranchant.

— Je passe mes journées avec trente élèves de primaire qui piquent des colères plus impressionnantes que…

— Je ne suis pas en colère, gronda-t-il.

— Ah bon ?

— Tu parles de ton travail à l'école primaire de Salisbury ?

— Comment sais-tu…

Star n'acheva pas sa phrase. Il était prince, cheikh, et confrontés à l'éventualité d'une grossesse, ses assistants avaient déjà enquêté sur elle, évidemment.

— Je me suis toujours demandé ce que cela faisait, reprit-elle pour combler le silence. Tu sais, dans les romans, quand le héros fait enquêter sur quelqu'un… Il découvre en général un détail horrible, et alors il y a un énorme malentendu entre lui et l'héroïne. C'est très comique, parfois, comme dans…

— Tu peux te concentrer cinq minutes, Star ?

— Bien sûr, acquiesça-t-elle automatiquement.

Tout en se demandant comment elle était censée se concentrer alors que ses pensées tournoyaient dans tous les sens.

— La situation est si dramatique ?

— Si tu es enceinte, oui. Parce que, dans ce cas, tu porteras mon héritier.

Khalif rejoignit les autres pendant que Star se préparait. La présence de Maya lui était précieuse. Il savait qu'il pouvait compter sur sa discrétion. En revanche, son époux, Reza, allait le maudire. Et il aurait raison. À quoi avait-il pensé ? Il avait fait preuve d'un égoïsme insensé, ne songeant qu'à son désir pour Star. Et maintenant, c'était elle qui allait en payer le prix.

Son laisser-aller était impardonnable. Il était censé se familiariser avec l'exercice du pouvoir et ensuite, après son trentième anniversaire, ses conseillers se chargeraient de lui trouver une épouse appropriée et connaissant sa place et son devoir. Et plus tard, une fois que les jumelles seraient en âge de gouverner, le trône leur reviendrait.

Autrefois, Khalif avait imaginé son avenir autrement, avec

une partenaire choisie par lui-même et qui lui donnerait des enfants. Mais ce temps-là était révolu. Désormais, le devoir, le trône, la famille passaient avant ses désirs.

Mais une situation pareille ? Une éventuelle grossesse de Star ? Il se passa la main dans les cheveux et, indifférent au regard réprobateur d'Amin, traversa le salon en direction du balcon. Il s'arrêta avant de franchir la baie vitrée, se revoyant faire le trajet inverse avec Star dans ses bras, les longs cheveux bouclés tombant autour d'eux comme un voile aux reflets d'acajou. Aucune femme ne l'avait jamais troublé ainsi. Pas même la seule qu'il ait aimée et perdue.

Comme si c'était le moment de penser à elle !

Il poussa un juron à voix haute sans se soucier de la présence des trois autres.

Enceinte. Star pourrait être enceinte. Et si c'était le cas, une seule solution serait envisageable.

Le mariage.

Après avoir pris une douche rapide, Star avait renfilé ses vêtements froissés et, immobile devant la baie vitrée, elle attendait comme le lui avait demandé Khalif.

Des coups discrets furent frappés à la porte. Elle ne lui avait même pas demandé en quoi consisterait cette visite, réalisa Star, un peu paniquée. S'attendant à voir un homme d'un certain âge à la mine sévère, elle eut la surprise de se trouver face à une femme ravissante à peine plus âgée qu'elle.

— Bonjour, Star, je suis Maya Mourad, dit-elle dans un anglais parfait teinté d'un léger accent arabe.

— Mourad ? Vous êtes parente avec le Premier ministre ?

— Reza est mon mari, acquiesça la jeune femme en souriant. Khalif vous a expliqué pourquoi je venais vous voir ?

— Expliqué, c'est beaucoup dire…

Maya hocha la tête d'un air complice.

— Je vois. Eh bien, je suis un médecin de famille,

l'équivalent de vos médecins généralistes. Mais je m'occupe principalement des femmes.

— Ah… Mais on ne peut pas savoir si je suis enceinte aussi tôt après…

Star rougit et regretta soudain de ne pas être avec ses sœurs. Elle ne voulait pas être là, même si Maya était de toute évidence quelqu'un de bienveillant.

Elle les entendait presque. Skye envisageant déjà d'acheter un landau, des jouets, des couches… Summer se précipitant pour trouver toutes les informations possibles et imaginables concernant la grossesse, les prénoms d'enfant, les vitamines… Toutes deux lui apporteraient leur soutien inconditionnel, elles sauraient l'encourager et la réconforter.

Mais Star imaginait aussi leurs échanges de regards. Elles s'étaient attendues à ce qu'elle s'attire des ennuis, et voilà…

— Il est trop tôt pour savoir si vous êtes enceinte, en effet, confirma Maya. Mais je voudrais d'abord vérifier que vous êtes en bonne santé. Ensuite, nous discuterons des différentes possibilités.

— Je ne me ferai pas avorter, déclara Star, catégorique.

Elle avait prononcé ces mots d'instinct. Ils venaient du fond de son cœur.

— Je suis désolée, je…

— Ne vous excusez pas, Star, l'interrompit gentiment Maya. C'est bien que vous sachiez ce que vous voulez, même à ce stade précoce – à supposer que vous soyez enceinte, naturellement. Je faisais allusion aux types de tests que nous pouvons faire dès à présent, si vous le souhaitez, et à tout renseignement médical que vous jugeriez utile de me préciser.

— Pour en informer Khalif ? demanda Star par pure curiosité.

— Vous êtes ma patiente. Si vous souhaitez que cela reste confidentiel, vous pouvez compter sur mon silence.

— Non, reprit Star après avoir réfléchi quelques instants. Je n'ai rien à cacher.

Maya sourit et l'invita à s'asseoir.

— Eh bien, commençons par la question la plus simple. Pouvez-vous m'indiquer la date de vos dernières règles ?

5.

— Comment va-t-elle ? demanda Khalif dès que Maya réapparut.

— Bien, mais elle…

— Avez-vous des informations à nous communiquer ? l'interrompit Amin en se levant. Des antécédents familiaux…

— Pas maintenant, Amin, intervint Khalif.

— Nous devons savoir s'il y a…

— Nous nous en inquiéterons *si* Star est enceinte. En attendant, je ne tolérerai *aucune* intrusion dans sa vie privée.

Son secrétaire privé le regarda en pinçant les lèvres, lorsque la porte se rouvrit soudain sur Star. Elle souriait, mais Khalif la connaissait suffisamment pour deviner sa nervosité.

— Comme je l'ai dit à Star, reprit Maya en tournant les yeux vers lui et Amin, nous devrons attendre onze jours avant de savoir si un test de grossesse est approprié.

— Autrement dit, le lendemain de l'inauguration du mémorial, fit remarquer Amin en foudroyant Star du regard.

Comme si elle était responsable de cette coïncidence.

— Oui, acquiesça Maya.

Khalif sentit la tête lui tourner. Tout semblait converger vers cet événement.

— Vous *devez* y assister, Altesse, souligna son secrétaire privé.

— Pourquoi n'y assisterais-tu pas ? demanda Star, l'air confus.

Elle se tourna vers Amin et le dévisagea en fronçant les sourcils.

— Vous vous sentez bien ? Vous voulez un verre d'eau ?

De rouge, le teint d'Amin vira au violet. Impossible de savoir si Star avait délibérément ignoré sa fureur ou si elle n'avait rien remarqué.

— Vous ne pouvez pas vous éloigner, Altesse. Nous avons…

— Amin…, l'interrompit sèchement Khalif.

— *Elle* peut partir.

Amin désigna Star d'un geste du bras, comme il aurait désigné un bagage encombrant dont il fallait se débarrasser.

— Mais votre présence est indispensable, Altesse.

— Assez ! tonna Khalif. Sortez. Tous. Immédiatement.

Amin resta figé sur place, l'air suffoqué, et ne bougea que lorsque le garde planté devant la porte l'ouvrit et lui fit signe de sortir. Maya courba la tête – peut-être pour dissimuler un sourire –, mais emboîta le pas à Amin, suivie du garde qui referma la porte derrière lui.

— Tu veux que je…, commença Star avant de s'interrompre en voyant son expression.

Khalif s'interdit de se passer la main dans les cheveux. Il devait se contrôler, ne rien laisser paraître du chaos qui régnait en lui.

— Je peux t'offrir une tasse de café ? demanda-t-il d'un ton neutre.

— Si je suis vraiment enceinte, je ferai mieux de m'en abstenir.

— En effet. Ah ? Même à un stade aussi précoce ?

À en juger par la façon dont elle le dévisagea, elle n'était pas dupe. On aurait dit qu'elle fixait une bombe prête à exploser. Ce en quoi elle n'avait pas tort.

— Si tu en as, je prendrai volontiers une infusion.

Parfait. Ça, il pouvait faire. Khalif se rendit dans la cuisine et sortit l'un des mélanges de plantes qu'il gardait autrefois pour Samira.

Samira. Le simple fait d'évoquer son prénom, même en pensée, lui était intolérable. Il faillit jeter le bocal de feuilles et de bourgeons à la poubelle, comme si cela pourrait le libérer des fantômes qui le hantaient.

Se ressaisissant, il prit une tasse et tendit la main vers le robinet.

— J'ai bien compris que tu étais cheikh *et* prince, mais si tu ne sais pas te servir d'une bouilloire, je peux…

Il sourit malgré lui et s'écarta légèrement pour qu'elle voie la vapeur montant de l'eau bouillante.

— Ah… C'est pratique.

— Très, acquiesça Khalif en se retournant pour lui passer la tasse fumante. Comment te sens-tu ?

— Pas enceinte, si c'est le sens de ta question.

Penchant la tête, elle souffla sur l'infusion pour la faire refroidir, puis leva les yeux vers lui et haussa les épaules.

— Khal… Alt… Oh ! tu veux bien me dire comment je dois t'appeler, s'il te plaît ?

Il lui sourit franchement.

— Khal lorsque nous sommes seuls, Khalif devant les personnes qui viennent de s'en aller, et Altesse en présence de quelqu'un d'autre – si cela devait arriver.

Si cela devait arriver.

Star resserra les doigts autour de la tasse pour dissimuler le tremblement de ses mains. Hormis cet Amin qui devait être son secrétaire ou son assistant et Maya, et les inévitables gardes, Khal ne comptait pas la présenter à quiconque. Mais pourquoi en était-elle blessée ? Elle aurait dû être déjà partie puisqu'elle avait un avion à prendre. Sauf que son départ semblait compromis.

— J'ai l'impression que tu ne me laisseras pas prendre mon avion…

— Non.

Son cœur sombra dans sa poitrine. Onze jours, avait dit

Maya. Elle ne pouvait pas rester à Duratra onze jours ! Et sa mère ? Chaque jour de retard les empêcherait de trouver le pendentif, or le temps était compté pour Mariam.

Star posa sa tasse, de crainte de faire déborder le liquide brûlant.

— Je ne peux pas… Je ne peux pas rester ici onze jours, Khal, dit-elle d'une voix à peine audible.

— Ce ne sera pas le cas. Nous partons tout à l'heure pour le désert.

— Le désert ?

Évidemment. Il l'emmenait loin du palais pour ne pas prendre le risque qu'un membre de sa famille ou du personnel s'aperçoive de sa présence.

— Ma famille possède une résidence dans le désert.

— Ah oui ? fit-elle en plissant le front.

Au cours de ses visites de l'exposition, elle n'avait rien lu concernant cette résidence. Peut-être que… Une petite lueur d'espoir se ranima dans son cœur à la pensée que le pendentif était peut-être là-bas. Avant de s'éteindre aussitôt. Comment pouvait-elle se laisser aller à ce genre de fantasme dans un moment pareil ?

— Je dois appeler mes sœurs.

Elles sauraient quoi faire.

— Tu ne peux pas leur parler.

— Pardon ?

— Tu ne peux pas, répéta-t-il. Si la nouvelle s'ébruite…

— J'ai entièrement confiance en elles, l'interrompit Star.

— J'en suis heureux. Mais pas moi, je ne les connais pas.

— Tu me prives du soutien dont j'ai justement besoin *maintenant ?* riposta-t-elle en redressant le menton.

— Je suis prêt à t'apporter le soutien dont tu as besoin.

Elle le dévisagea en silence, frappée par le contraste entre ses paroles et la sombre détermination empreignant ses traits.

— Star, si tu es enceinte…

— Nous discuterons de cela le moment venu, dit-elle en lui tournant le dos.

Parce qu'elle ne voulait pas entendre la fin de sa phrase. Cela aurait effacé tous les moments merveilleux passés ensemble. Ce qu'elle avait éprouvé quand il l'avait *regardée*.

— J'ai besoin que tu comprennes que Duratra a beau être un pays pacifique, évolué et ouvert, un cheikh célibataire ayant un héritier illégitime serait très mal vu. La famille constitue l'un des piliers de notre société. C'est une institution essentielle.

— Je respecte cela, répliqua Star en contemplant la porte.

— Il faut que tu comprennes que si tu portes mon enfant, nous *devrons* nous marier, Star.

Non. Ce n'était pas ce qu'elle et ses sœurs avaient prévu. Son rôle consistait à venir à Duratra pour trouver le pendentif et à rentrer ensuite en Angleterre, dans le Norfolk où elles découvriraient l'endroit où étaient cachés les bijoux. Ensuite elles vendraient le domaine et feraient soigner leur mère.

— Alors que je ne corresponds pas au profil que tu avais en vue pour ton épouse ? demanda-t-elle en se retournant.

— Non, c'est vrai.

Elle se mordit la lèvre pour retenir une plainte.

— Mais si tu portes mon enfant, cela n'aura pas d'importance.

— Tu m'épouserais uniquement à cause de notre enfant, c'est cela ? Dans son intérêt ?

— Oui.

— Mais tu ne m'aimes pas. Tu ne *désires* pas m'épouser.

— Les membres d'une famille royale ne se marient pas par amour, Star.

— Quelle tristesse… !

— Peut-être, mais nous ne pouvons rien y changer, décréta Khal. Si tu es enceinte, nous nous marierons.

Moins de deux heures plus tard, la jeep fit une embardée au moment où Khalif contournait une dune d'une hauteur impressionnante. Il poussa un juron. D'ordinaire, il conduisait mieux que cela, bon sang ! Et il aimait ce trajet, en plus, même s'il ne l'avait pas fait depuis trois ans. Personne n'était retourné à Alhafa depuis l'accident de Faizan et Samira, comme si la distance pourrait les aider à oublier le chagrin.

Brusquement, il fut submergé par le désir de se confier à son frère. « Tu es un imbécile », aurait dit Faizan. Tandis que Samira l'aurait regardé avec ses grands yeux bruns emplis de bienveillance et de compréhension, espérant qu'il ait enfin trouvé le bonheur.

Khalif s'attendit à l'assaut de la douleur qui accompagnait d'habitude ce genre de pensée. C'était pour cela qu'il évitait de penser à eux. La douleur qui s'ensuivait était trop vive. Il s'agrippa au volant puis tourna brièvement les yeux vers Star. Elle avait repris des couleurs, Dieu merci.

— Je suis désolé pour ta mère, dit-il.

Depuis que Maya lui avait expliqué que Mariam Soames souffrait d'un cancer avancé, il ne cessait d'y repenser.

— Merci, répliqua-t-elle avec calme.

— Peut-on faire quelque chose pour elle ?

— Nous nous en occupons.

Star contempla le sable aux nuances d'ocre allant du beige clair, presque blanc, au brun orangé, qui ondulait à l'infini. La « résidence » de la famille royale représentait son dernier espoir aussi était-elle prête à la fouiller de fond en comble.

Si elle ne trouvait pas le pendentif et qu'elles ne pouvaient pas sauver leur mère, elle se retrouverait seule au monde. Ses sœurs l'aimaient, mais sa mère l'aimait et la comprenait. La perte de son père inconnu ne serait rien comparée à l'ombre qui recouvrirait sa vie si Mariam disparaissait.

Prenant la bouteille d'eau que Khal lui tendait, elle la porta à ses lèvres puis regarda à nouveau l'immense étendue de sable sur laquelle le soleil projetait des reflets dorés.

— Comment te sens-tu ?

— Pas plus enceinte que tout à l'heure.

« Si tu portes mon enfant, nous devrons nous marier. »

Ce n'était que maintenant, alors qu'elle était peut-être enceinte, que Star réalisait combien elle avait toujours désiré se marier avant d'avoir un enfant. Pour que son petit garçon ou sa petite fille ne fasse jamais l'expérience des regards et des chuchotements auxquels elle et ses sœurs avaient eu droit.

— Mais si jamais je l'étais, reprit-elle lentement en cherchant ses mots. Si nous avions un enfant, pourrais-tu faire en sorte qu'il ne soit pas jugé, ni exclu ou…

— Regarde-moi, Star, dit-il en ôtant ses lunettes noires.

Il attendit qu'elle le regarde pour continuer.

— Je ferais *tout* pour vous protéger, toi et notre enfant. Notre famille a passé un accord avec la presse, à Duratra et celle du monde entier, qui protège nos enfants des médias jusqu'à l'âge de dix-huit ans. Ils suivent leur scolarité dans un établissement de Burami et ensuite ils décident eux-mêmes s'ils souhaitent poursuivre leurs études et entrer par exemple à l'université. Nous ne pouvons pas les protéger de tous les maux, mais nous faisons de notre mieux.

Star réfléchit à ce qu'il venait de dire avec une sincérité et une détermination palpables. De son côté, elle avait bénéficié de l'affection de ses parents, même après la mort de son père. Leur amour pour elle, l'amour qu'ils ressentaient l'un pour l'autre, n'avait pas eu besoin d'un certificat de mariage pour exister. Mais le comportement de ses grands-parents vis-à-vis d'elle lui avait fait découvrir une tout autre réalité.

— Si j'étais enceinte, je ferais tout mon possible pour protéger mon enfant, affirma-t-elle.

— Moi aussi.

Elle le crut sur parole. Un lien puissant existait entre eux, Star le savait, et cette certitude lui desserra un peu la poitrine.

La sonnerie du smartphone de Khal résonna dans la jeep mais il ne répondit pas tout de suite, avant de finir par pousser un juron et d'appuyer sur l'écouteur sans fil qu'il portait à l'oreille depuis leur départ du palais. Star tourna les yeux vers la vitre et l'entendit parler en arabe.

— Oui, Reza ?

— Ah… OK. Je suis moi aussi ravi de t'entendre, répliqua son ami d'un ton sardonique.

— Je n'ai pas beaucoup de temps. Je suis en route pour Alhafa.

— Ah oui ? Tu crois que c'est… judicieux ?

Khalif tourna brièvement les yeux vers Star. Depuis qu'elle était apparue dans sa vie, aucune de ses décisions n'était judicieuse.

— Je n'avais pas vraiment le choix.

— Tu sais qu'il y a le mémorial, sans parler de…

— Oui, je sais, Reza. Mais que veux-tu que je fasse ? Abbad ne sera jamais content, de toute façon. Même si nous rebaptisions les montagnes, cela ne compenserait pas la perte de sa fille.

— Si c'est cela que tu essaies de faire, Khalif…

Reza n'acheva pas sa phrase mais son inquiétude était palpable.

— Je ne sais plus, Reza, soupira Khalif.

— À ce rythme, Amin risque d'avoir un infarctus…

— Il tiendra le coup. Nous avons besoin de lui.

— *Faizan* avait besoin de lui. Je ne suis pas certain qu'il en soit de même pour toi.

— C'est pour me dire cela que tu m'as appelé ? Pour me reprocher mon incapacité à mener à bien ce projet de mémorial *et* à choisir mes conseillers ?

— Non, je t'ai appelé pour te reprocher d'avoir peut-être mis une touriste britannique enceinte, mais puisque tu parles de…

— Je raccroche, Reza.

— Khalif, cela va à l'encontre de l'objectif visé si tu…

Khalif détacha l'écouteur de son oreille, ouvrit la console centrale et le laissa tomber dans le compartiment en souriant. Hélas, le soulagement fut bref, car son ami avait raison.

« Si c'est cela que tu essaies de faire… »

— En matière de mémoriaux, le choix est difficile, dit soudain Star.

Avait-elle saisi la teneur de son échange avec Reza ? Il répondit par un son indistinct en se demandant ce qu'elle savait sur la question avant de se rappeler qu'elle avait perdu son père.

— Mon père a été incinéré, poursuivit-elle en fixant l'horizon. Ses cendres ont été répandues dans le Solent – tu sais, c'est le bras de mer qui sépare l'île de Wight de l'Angleterre –, mais ma mère voulait qu'il y ait un endroit où je puisse aller me recueillir. Un lieu pour lui et moi. Alors elle a conservé un peu de cendres pour que je puisse en faire ce que je voudrais quand je serais plus grande. Je… J'ai eu du mal à me décider. Je ne le connaissais pas, je pouvais à peine me souvenir de lui et je sentais une… pression s'exercer sur moi. Je n'avais pas le droit de me tromper, tu comprends ? J'étais censée éprouver un lien intime avec ce père que je n'avais jamais connu.

Elle s'interrompit un instant, l'air songeur.

— Et puis j'ai réalisé que ce n'était pas de lui qu'il s'agissait, ni de ma mère, ni de ce que les autres attendaient. C'était pour moi, dit-elle en se posant la main sur le cœur. Nous habitons à la lisière d'une forêt et j'ai passé des journées entières à chercher l'arbre le plus ancien. C'est un magnifique vieux chêne au tronc noueux qui est là depuis des centaines d'années. Ma mère, Skye et Summer m'ont accompagnée, nous avons allumé des bougies, et j'ai enterré la petite fiole contenant les cendres dans les racines du vieux chêne pour que mon père fasse toujours partie de la forêt que nous aimions tant tous les deux.

Son père était menuisier, se rappela Khalif en repensant à ce que Star lui avait confié. Par conséquent, ce choix était parfait. Cette petite cérémonie avait dû représenter un beau moment pour elle. Pour elles toutes. Il fut traversé par une pointe de jalousie. Il était jaloux de l'intimité de ce moment.

— Ce n'est pas si simple, dit-il, la voix rauque.

— Simple ? répéta-t-elle, l'air choqué.

— Excuse-moi. Je me suis mal exprimé. Mais ce mémorial n'est pas uniquement pour moi, mes nièces, ma famille et mon pays, il est également destiné à la famille de Samira, son pays… C'est…

— Énorme.

— Oui.

— D'où l'importance de trouver une solution qui te paraisse *juste ?*

Khalif la regarda, une seconde de trop. La compréhension de Star le toucha au plus profond de lui-même, traversant ses défenses.

— Bon, si tu me parlais de cette résidence familiale, reprit-elle d'un ton enjoué.

Sa gaieté était un peu forcée, ce qui n'avait rien d'étonnant après un échange aussi personnel.

Il soupira et se repassa brièvement l'histoire de sa famille, repensa aux légendes attachées à l'ancienne forteresse.

— Elle existe depuis presque aussi longtemps, sinon depuis plus longtemps, que la capitale. À l'origine c'était une forteresse se dressant entre Duratra et les contrées voisines, mais elle n'a servi de base militaire qu'à partir du XIVe siècle. Et cela fait maintenant plusieurs centaines d'années qu'elle n'est plus utilisée, mais mon père aimait bien cet endroit et il a commencé à y organiser des rassemblements familiaux, surtout après la naissance de son amitié avec Sa Majesté cheikh Abbad.

— Le père de ta belle-sœur ? Vos deux pays sont voisins ?

— Oui. Mais, avant mon père, cet endroit était connu surtout pour héberger…

— Pour héberger qui ?

— Les maîtresses du cheikh.

— Comme c'est commode…, répliqua Star, pince-sans-rire.

— Tu n'es pas une maîtresse, décréta-t-il fermement.

— Non, je suppose que, pour bénéficier du statut de maîtresse, il faut plus d'une nuit.

Le silence envahit l'habitacle tandis qu'un flot d'images refluait dans l'esprit de Khalif. Des images de ce qu'ils avaient partagé mais aussi de ce qu'ils pourraient vivre si…

Toujours sans échanger un mot, ils s'engagèrent sur une route invisible à qui ne connaissait pas cette partie du désert. Son pouls s'accéléra tandis que Star laissait échapper un petit murmure de surprise et d'incrédulité en découvrant l'ensemble médiéval que Khalif trouvait plus beau que le palais. Les murs de pierre ocre s'élançaient fièrement vers le ciel d'un bleu étincelant, contrastant avec le vert profond des jardins entourant le bâtiment principal.

En dépit de sa vocation militaire initiale, la forteresse était pourvue d'équipements sophistiqués mais conservait ses bas-reliefs richement sculptés et ses agencements d'origine, notamment les couloirs donnant sur des pièces qui s'ouvraient à la manière de poupées russes, songea une fois de plus Khalif en revoyant en pensée les appartements presque aussi familiers que ceux du palais.

— Star, avant que nous arrivions à la résidence…

— Ce n'est pas une résidence, Khal. C'est un palais.

— Oui, c'est vrai. Je suis désolé, si tu t'attendais…

— À quelque chose de plus modeste ? fit-elle, taquine. De plus petit, comme le mot résidence pourrait inviter à le croire ? Excuse-moi, je t'ai interrompu…

Khalif se détesta à l'avance, mais il n'avait pas le choix.

— Étant donné la situation, et vu que nous ne pouvons

pas prendre le risque que la moindre information sorte de l'enceinte de la forteresse, je suis obligé de te demander de rester dans ta suite durant une heure le matin et le soir.

Il n'eut pas besoin de tourner la tête vers elle pour voir les grands yeux couleur d'océan dardés sur lui.

— De manière à ce que le personnel puisse faire son travail, mais sans te voir. Cela vaut mieux, pour toi comme pour eux. Quoi qu'il arrive, je ne veux voir fuiter aucun commentaire relatif à nos avenirs respectifs – d'autant que nous ignorons pour l'instant ce que le futur nous réserve.

— D'accord, acquiesça-t-elle d'un ton neutre.

— Si tu as besoin de quoi que ce soit, tu n'auras qu'à laisser un mot dans ta suite et on t'apportera ce que tu auras demandé.

— D'accord, répéta Star sur le même ton.

Non, pas tout à fait. Khalif avait en effet perçu une légère crispation dans la voix douce et mélodieuse.

Depuis qu'il lui avait parlé juste avant leur arrivée, Star n'avait pas prononcé un seul mot. Khalif avait confiance en chacun des membres du personnel et était sûr de leur loyauté, mais il ne pouvait prendre aucun risque. Il ne permettrait pas que lui ou Star soient exposés aux questions de la presse ou, pire encore, de son père. Aussi devait-il la protéger de toute curiosité malvenue. C'était vital. Elle finirait bien par comprendre qu'il n'avait pas eu le choix.

Il avait commencé par lui montrer les jardins à cause de leur beauté. Grâce à la nappe aquifère alimentant l'oasis toute proche et le palais, il y avait suffisamment d'eau pour entretenir la luxuriance des jardins et permettre à la vie naturelle de prospérer alentour.

Star parut apprécier le charme et la singularité de l'endroit, constata Khalif en voyant une adorable roseur raviver ses hautes pommettes. Il aurait aimé prolonger la visite des jardins mais il devait l'installer dans sa suite avant d'appeler son père pour lui expliquer son départ soudain. Regagnant le palais baptisé Alhafa par sa famille, il apprécia la fraîcheur de l'intérieur contrastant avec la chaleur du désert. Les murs épais, les profonds couloirs et les cours agrémentées de fontaines contribuaient à maintenir une température agréable et supportable à peu près partout.

— Les suites familiales occupent toute cette aile, expliqua-t-il en invitant Star à le suivre dans la partie est du palais.

— Je ne veux pas prendre une suite réservée à quelqu'un d'autre, déclara-t-elle, sortant enfin de son mutisme.

— Il n'y a que toi et moi. Nous sommes seuls tous les deux.

Elle hocha la tête, mais sans le regarder.

— Par bonheur, mon père a écouté ma mère et a fait équiper les suites de salles de bains individuelles au moment de la naissance de mes nièces. Elle refusait d'accueillir ses petites-filles dans une forteresse militaire ne comportant pas les installations et le confort élémentaires.

Cette fois, il eut droit à un petit rire doux qui passa sur lui comme une caresse.

— Et vous, ton frère et toi, vous pouviez vous en passer ?

— Nous étions des garçons. C'était différent. Cela nous faisait du bien de vivre un peu à la dure.

Elle tourna les yeux vers un couloir plongé dans l'obscurité.

— Qu'est-ce qu'il y a, par là ?

— Rien, répondit Khalif en sentant un froid glacial lui étreindre le cœur.

— Mais…

— Cette zone est interdite d'accès.

Star se détourna et continua d'avancer tandis qu'il fixait résolument son dos, de crainte de voir surgir des fantômes.

Quand ils parvinrent à la suite qu'il avait fait préparer pour elle, Khalif eut envie de repartir. De retourner à Burami. Il n'aurait jamais dû l'amener dans ce lieu où les souvenirs le guettaient partout, de son frère, de Samira. C'était ici qu'il l'avait rencontrée pour la première fois... et où il l'avait vue pour la dernière fois. C'était ici qu'il avait lutté le plus pour contenir ses émotions dans la boîte que l'on appelait chagrin.

Mais c'était également le seul endroit où lui et Star passeraient inaperçus. Personne ne saurait rien de cette histoire. Si elle était enceinte, ils décideraient de la façon et du moment d'annoncer leurs fiançailles. Dans le cas contraire... ils reprendraient chacun leur chemin et ne se reverraient plus jamais.

« Les membres d'une famille royale ne se marient pas par amour. »

Ses propres paroles résonnèrent dans son esprit tandis qu'il regardait Star découvrir l'espace qui serait le sien durant dix jours et dix nuits, avant de se diriger vers le balcon. Les cloisons de bois ajouré, destinées à permettre une ventilation naturelle, avaient été ouvertes, laissant voir la majesté du désert. Un parfum de jasmin montait des bouquets de fleurs disposés dans des vases que Khalif n'avait encore jamais vus. Sa petite valise à la main, Star se retourna vers lui, ses longs cheveux bouclés passés devant une épaule.

— Tes fées ont bien travaillé.

— Je ne sais pas ce que penseraient les employés en s'entendant traités de fées.

— Ils sont invisibles et à tes ordres, non ? Alors je t'interdis de dire que tu ne crois pas aux fées et aux lutins, répliqua-t-elle du ton malicieux qui devait envoûter ses jeunes élèves.

— Tu me vois en Peter Pan ?

— Oui, et moi en Wendy, acquiesça-t-elle, soudain grave.

Subitement, et sans pouvoir se l'expliquer, Khalif sentit son cœur se serrer en l'imaginant rentrer chez elle tandis que lui resterait au Pays imaginaire.

La sonnerie de son téléphone les fit sursauter tous les deux.

— Tu peux aller où tu veux – à condition de ne pas sortir de l'aile est. Je te retrouverai à 19 heures et nous irons dîner.

— Oh ! tu m'emmènes dans le meilleur restaurant du coin ?

— Le meilleur endroit, c'est *ici*, répliqua Khalif en retenant un sourire.

Mais lorsqu'il referma la porte derrière lui, toute légèreté le quitta d'un coup. Il serra le poing et le rouvrit trois fois de suite avant de sortir son smartphone de sa poche.

Cette conversation n'allait pas être une partie de plaisir.

Deux heures plus tard, Khalif était dans un tel état de tension qu'il se sentait prêt à exploser. L'échange avec son père s'était très mal passé, à l'instar des rapports qu'ils entretenaient depuis trois ans.

« As-tu oublié ta promesse à Nadya et Nayla ? Tu étais censée passer la soirée avec elles. »

Oui, il l'avait oubliée. Complètement. Mais il n'avait pu expliquer pourquoi. Furieux contre lui-même, assailli par la culpabilité et le chagrin, il avait promis à son père de se faire pardonner par ses nièces.

Mais tous deux étaient las de ce genre de paroles. Elles étaient revenues comme un refrain durant les semaines, les mois, puis les années ayant suivi la mort de Faizan. Khalif était rentré à Duratra et, avant même que la terre ait recouvert les deux cercueils, il s'était immergé dans le travail. Il était resté assis quasiment pendant trois nuits d'affilée, assimilant toutes les informations nécessaires. Il avait passé des appels locaux, internationaux, se présentant comme le premier dans l'ordre de succession au trône. Il avait confié la direction d'une entreprise florissante à ses directeurs, arrêté toute consommation d'alcool, renoncé à toute conquête féminine et écart de conduite, et avait travaillé. Dur. Mais travailler lui avait aussi permis de se cacher. De son père, de sa mère et surtout de Nadya et Nayla, qui, en plus de la perte de leurs parents, avaient dû souffrir du retrait de leur oncle.

Khalif n'avait pas la force de les regarder en face. Ni elles ni aucun membre de sa famille. Il ne pouvait supporter de voir le reflet de son propre chagrin dans leurs yeux. Auprès d'eux, il n'avait trouvé aucun réconfort. Il s'était senti jugé, furieux et frustré.

Reza était intervenu. Ils s'étaient disputés, affrontés, tous deux en étaient ressortis un peu meurtris, mais Khalif avait tiré profit de leurs échanges. L'an passé, il s'était amélioré, tout en sachant que ce changement était superficiel.

Jusqu'à ce qu'une touriste immobile devant un tableau captive son attention, avant de chambouler son existence.

Il retint un juron et poursuivit son chemin en direction du hammam situé dans les sous-sols du palais, ses pieds nus faisant un bruit mat sur le sol de pierre dont la fraîcheur diminuait un tant soit peu la rage qui bouillait en lui.

Une seule nuit. C'était tout ce qu'il avait désiré. Une nuit avec une femme ravissante grâce à laquelle le poids de la couronne lui avait paru moins lourd, parce qu'elle ignorait tout de sa véritable identité. Il avait désiré goûter à la liberté dont Star jouissait sans le savoir… Et, au lieu de cela, il l'avait peut-être liée à lui pour toujours, la privant de cette liberté à tout jamais.

Frappant le mur du poing, il savoura la chaleur humide montant de l'espace situé au-dessous du passage et remercia mentalement Masoud de lui avoir préparé le hammam.

Dès qu'il poussa la porte, il fut enveloppé par l'humidité empreignant l'espace blanc et, fermant les yeux, il inspira profondément en humant les effluves de mandarine et de bergamote parfumant la vapeur.

Gardant les yeux fermés, Khalif fit rouler ses épaules et inclina la tête d'un côté puis de l'autre. Il avait juste besoin d'un moment de solitude. Seul avec lui-même. Il inspira de nouveau et sentit quelque chose passer à côté de lui.

Aussitôt sur le qui-vive, il tendit la main et rencontra un biceps doux et galbé.

— C'est toi, Star ? s'exclama-t-il, aussi surpris que confus.

— Oui, excuse-moi. Je ne voulais pas te déranger.

Il ordonna à son cœur de se calmer, mais son pouls ne ralentit pas. Au contraire. La vapeur l'empêchait de voir distinctement Star, mais ses autres sens étaient exacerbés. Sans plus réfléchir, il la prit dans ses bras et, quand il la serra contre lui, elle émergea de la vapeur dense. Il baissa les yeux sur la poitrine recouverte d'une serviette blanche, les seins se soulevant et s'abaissant rapidement, lui donnant envie de se perdre dans sa douceur de femme sans se soucier des conséquences d'un tel abandon.

Une main toujours refermée autour du bras mince, il leva l'autre et la posa sur la joue de Star. Elle l'appuya contre sa paume comme si elle désirait cet instant autant que lui. Khalif laissa glisser son pouce sur le cou gracieux et rencontra une chaîne. Il la suivit, jusqu'au pendentif qui reposait sur la gorge de Star et arrêta son geste.

Prenant le bijou dans sa main, il le souleva pour mieux le voir et le serra dans sa paume.

— Où l'as-tu trouvé ? Réponds-moi ! ordonna-t-il, la voix rauque de fureur et de chagrin.

6.

Sidérée, Star contempla le pendentif que Khal serrait dans sa paume puis leva les yeux vers lui en tressaillant tandis qu'il laissait retomber sa main.

— Il est à moi, dit-elle, le cœur battant à tout rompre.

— Je ne te crois pas.

— Tu le reconnais ?

Elle savait que Hatem avait gardé le second pendentif mais sans jamais imaginer que Khal…

— Ce pendentif appartient à ma famille depuis plus de cent cinquante ans, déclara-t-il d'une voix dure.

Une joie immense envahit Star. Il était en colère mais, s'il avait reconnu le pendentif de Catherine, cela signifiait que sa famille possédait l'autre, celui de Hatem.

— Non, pas celui-ci. Ta famille est en possession du jumeau de ce bijou, lequel appartient à *ma* famille depuis plus de cent cinquante ans.

Il la dévisagea en fronçant les sourcils puis baissa les yeux sur le pendentif et le reprit dans sa main pour l'examiner.

— Il y a quelques différences, dit-il en le retournant. En fait, celui-ci est la réplique inversée du nôtre…

L'air profondément troublé, il regarda Star.

— Je croyais que ce n'était qu'une légende, mais…

Doucement, elle posa la main sur la sienne et ramena le pendentif vers elle.

— Je crois que nous avons beaucoup de choses à nous dire.

Lorsque Khalif plongea son regard dans le sien, la lueur étrange avait fait place à un éclat presque hostile.

— À commencer par la raison de ta venue à Duratra, répliqua-t-il. Mais nous poursuivrons cette discussion en tenue plus décente.

Tout vestige de sensualité avait disparu, chassé par l'horrible soupçon que Star était peut-être venue à Duratra avec une idée derrière la tête. Les interrogations se bousculaient dans l'esprit de Khalif tandis qu'il la suivait dans le long couloir.

Et si leur nuit passionnée avait été planifiée ? Il repoussa aussitôt cette éventualité en se traitant de paranoïaque.

Il était encore sous le choc d'avoir revu le pendentif – ou, plus exactement, sa réplique – pour la première fois depuis trois ans. En vertu de la tradition familiale, Samira en avait en effet hérité le jour de son mariage avec Faizan.

Star tourna brièvement la tête vers lui avant d'emprunter le couloir menant à sa suite. Khalif pouvait à peine la regarder, les épaules rondes et fines, le flot de boucles cuivrées… La façon dont la serviette épaisse enveloppait son corps mince… Il se força à détourner les yeux.

Jamais il n'avait eu autant envie de boire. Mais il n'avait pas touché à l'alcool depuis la mort de Faizan et il n'avait pas l'intention de s'y remettre maintenant.

Dès qu'elle avait regagné sa suite, Star avait pris une douche pour faire disparaître le parfum d'agrumes de sa peau. Comme si cela pourrait la débarrasser du désir qu'elle éprouvait pour l'homme qui ne lui appartiendrait plus jamais.

À un moment donné, elle avait repris espoir. Elle avait pensé qu'elle avait été prédestinée à venir à Duratra, pas seulement pour trouver le pendentif mais aussi pour rencontrer Khal. À présent, elle ne savait plus quoi penser.

Elle enfila une jupe longue et un T-shirt ample, mais décida de rester pieds nus. Le contact direct avec le sol l'aiderait peut-être à garder… les pieds sur terre…

Quittant sa suite, Star se dirigea vers les appartements de Khal et toqua à la porte sans obtenir de réponse. Mais il était là, elle en était certaine. Lentement, elle tourna la poignée avant de s'immobiliser sur le seuil de la pièce la plus incroyable qu'elle eût jamais vue. Et pourtant, sa propre suite était somptueuse, notamment la chambre, digne d'un conte de fées, avec son lit immense entouré de moustiquaires vaporeuses lui donnant l'impression d'être une princesse.

Les mains croisées dans le dos, Khal se tenait devant une commode massive et ne se retourna pas lorsqu'elle s'avança dans le salon aux magnifiques meubles anciens. Elle contempla les objets d'art en or, en argent ou en d'autres métaux précieux exposés sur différentes tables aux plateaux incrustés de nacre, les panneaux ouvragés… Chaque élément respirait la beauté… et l'opulence.

Tout était à l'image de Khal. L'acajou sombre, robuste et noble, les angles aigus et acérés. Les teintes masculines mais rehaussées de touches plus fantaisistes, lui rappelant le côté joueur que Star avait entraperçu chez lui.

Sur une longue tablette de bois précieux, elle aperçut des photos de famille, divers objets, des souvenirs.

« La famille est une institution essentielle. »

Les paroles de Khal résonnèrent dans son esprit, rassurantes et menaçantes à la fois.

Sur une table basse, des mets alléchants étaient disposés, ainsi qu'une impressionnante théière en argent. Elle mourait de faim, réalisa Star. Mais pas seulement de nourriture, songeat-elle en fixant l'homme altier qui lui tournait toujours le dos.

Elle fit un pas vers lui et se haussa sur la pointe des orteils pour voir ce qu'il regardait. C'était une photo de famille en noir et blanc. Elle avait beau ne pas avoir vu de portraits de lui à l'exposition, elle reconnut aussitôt l'homme séduisant à la mâchoire volontaire et au nez droit, si semblables à ceux de Khal. Un bras de Faizan entourait ses deux petites filles d'un côté, et l'autre, sa femme, Samira, qui fixait l'objectif en souriant.

Le regard de Star fut attiré par le pendentif visible dans l'échancrure du chemisier de Samira, identique en apparence à celui qu'elle-même avait ôté dès qu'elle avait regagné sa suite.

Khal ne bougea pas mais elle le sentit se raidir.

— Elle était très belle, dit Star.

Un silence glacial accueillit ses paroles.

— Tu veux une tasse de thé ? demanda-t-il au bout de quelques instants.

— Oui, je veux bien. Merci, ajouta-t-elle en se dirigeant vers la fenêtre qui donnait sur le désert.

Le sable tourbillonnait au loin, comme ses pensées, se soulevant et s'éparpillant avant d'être emporté ailleurs. Khal, Samira, Faizan… Contrairement à ce que croyaient ses sœurs, elle n'était pas nulle au point d'ignorer qu'elle ne devait pas le brusquer et le forcer à aborder un domaine manifestement trop sensible pour lui.

Cependant, il y avait là quelque chose à creuser. Star le sentit au plus profond d'elle-même.

Elle se détourna et alla s'asseoir sur le sofa, puis dit avec calme :

— Mon grand-père est mort il y aura bientôt un mois.

— Je suis désolé de l'apprendre, répliqua Khal avec une politesse frisant la froideur.

— Nous ne l'avions pas connu. Ma mère ne nous avait jamais parlé de son géniteur et nous ne lui avions sans doute jamais posé de questions. Nous avons été averties de son décès uniquement parce qu'il nous avait désignées… plus ou moins comme ses héritières.

— Plus ou moins ?

— Le testament nous impose une condition assez difficile à remplir. Si nous y parvenons, nous hériterons de la propriété du Norfolk et nous pourrons la vendre.

Il s'assit dans le fauteuil faisant face au canapé et la regarda en fronçant les sourcils.

— Pour faire soigner votre mère dans un établissement privé ?

Star acquiesça d'un hochement de tête, soulagée de voir qu'il avait compris leur but au lieu de conclure aussitôt que ses sœurs et elle ne s'intéressaient qu'à l'argent.

— Nous n'en demanderons pas un prix exorbitant – nous ne savons même pas ce que peut valoir une telle propriété. Nous voulons juste en tirer ce dont nous avons besoin.

— Star, commença-t-il, la voix grave. Si vous avez…

— Non, nous allons nous débrouiller, l'interrompit-elle. Nous remplirons la condition et vendrons le domaine.

Et Mariam sera soignée comme il faut et se rétablira.

Elles s'étaient bien organisées, elles s'en tiendraient à leur plan et tout irait bien, se répéta Star. C'était devenu son mantra, son réconfort moral et physique.

— Cette condition… A-t-elle un lien avec le pendentif ? demanda Khal.

— Que sais-tu à son propos, exactement ? s'enquit-elle avec espoir.

— Eh bien, il appartient à ma famille depuis plusieurs générations et est porté par l'épouse du cheikh.

— Ah oui ?

— Cela a l'air de te surprendre…

C'était si étrange de penser que le pendentif de Catherine avait été porté par la femme qui avait épousé Hatem. Puis par toutes les épouses de cheikh après elle. Star avait cherché des indices du côté des héritiers mâles de Duratra… Quelle idiote ! Elle aurait dû se souvenir du début du premier message décodé par Summer.

« Si vous avez déchiffré mon message, je présume d'une part que vous êtes une femme, parce qu'aucun homme ne s'intéresserait aux frivolités de ma jeunesse, et que vous

êtes intelligente puisque vous avez découvert mes journaux intimes. »

Le secret de Catherine avait été préservé parce qu'il avait été protégé par des femmes.

— Naïvement, j'avais imaginé que Hatem avait gardé le pendentif pour lui.

— Les hommes de notre famille ne portent pas de bijoux, répliqua Khal en secouant la tête.

— Et que sais-tu sur son origine ?

— Je croyais que c'était toi qui avais des explications à me donner, dit-il d'un ton impatient et… boudeur.

Un peu comme ses élèves lorsqu'elle ne leur cédait pas.

— Tu veux bien me répondre ?

Il soupira et se passa la main dans les cheveux.

— Franchement, cela relève davantage de la légende que de la réalité, ou de l'histoire de ma famille. Quand nous étions enfants, je taquinais souvent Faizan avec ça.

— Avec quoi ?

— Le fait que sa femme devrait porter un collier de *conte de fées*.

Star prit un coussin et le lui lança à la figure, mais il l'attrapa au vol et le posa délicatement dans le fauteuil voisin. Il s'agissait probablement d'une soie ancienne et précieuse…

— J'étais très jeune, se défendit-il. Mais je savais qu'il avait été porté par notre mère, notre grand-mère, notre arrière-grand-mère et ainsi de suite.

Un frisson glacé lui parcourut la peau tandis qu'il pensait à la dernière à l'avoir porté.

— Mais tu prends cette histoire au sérieux, maintenant ? demanda Star.

— Absolument, affirma-t-il sans hésiter. On nous avait dit que quelqu'un viendrait un jour le réclamer. Que sa demande serait sans ambiguïté et qu'il faudrait le lui remettre sans lui poser de questions. Mais c'est tout ce que je sais, hélas. Ma mère en sait peut-être davantage, mais…

Khalif haussa les épaules. Si Star était enceinte, le pendentif lui reviendrait de toute façon. Qu'il lui soit donné le jour où elle deviendrait sa femme ou lui soit restitué de plein droit, Star porterait le même collier que sa grand-mère, sa mère et… Samira.

— Mon arrière-arrière-grand-mère est venue ici.

Stupéfait, il la dévisagea en battant des cils.

— À la fin du XIXe siècle, elle a voyagé avec son oncle en tant que demoiselle de compagnie de sa femme – sa tante à elle, donc. Ils ont traversé le Moyen-Orient et sont venus à Duratra pour rencontrer Sa Majesté cheikh Hatem al-Azhar afin de discuter du projet visant à intégrer Duratra dans le protectorat britannique. De nombreux autres pays de la région avaient déjà accepté, mais Hatem n'éprouvait ni le désir ni le besoin de les imiter.

— Et tu l'as appris comment ? demanda Khalif.

Elle avait raison, mais c'était étrange de l'entendre évoquer ainsi les pensées et les sentiments d'un homme disparu plus d'un siècle plus tôt.

— Je le sais parce que Hatem et Catherine sont devenus très proches et qu'elle en parle dans ses journaux intimes, répondit Star en le regardant de ses grands yeux limpides.

Non, il ne pouvait la croire.

— C'est impossible, décréta-t-il.

Elle baissa les yeux, comme pour chercher les mots susceptibles d'atténuer le choc que ses paroles allaient provoquer en lui.

— L'oncle de Catherine a été rappelé en Égypte, mais son épouse a refusé de reprendre déjà la route. D'après Catherine, sa tante n'était pas de constitution robuste et supportait mal le climat, ce qui irritait son mari tandis que, de son côté, elle lui en voulait de l'avoir forcée à l'accompagner au Moyen-Orient.

Elle tourna les yeux vers la fenêtre avant de poursuivre.

— Quant à Catherine, elle était ravie de rester à Duratra.

Elle adorait ce pays et a supplié Hatem de l'emmener dans le désert.

— Tout cela est un peu rocambolesque, je…

— Elle parle d'une oasis. Ce qui m'a induite en erreur. À Burami, j'ai cherché en vain à retrouver des traces de ce qu'elle décrivait. Alors je me suis dit que tout avait trop changé depuis l'époque de son séjour. Mais quand tu m'as fait visiter les jardins en arrivant, je me suis rendu compte… que c'était ici que Catherine avait séjourné avec sa tante, et rencontré Hatem. Et qu'elle avait passé une nuit à l'oasis où les troncs de deux palmiers formaient un X.

En dehors de la famille, personne ne connaissait l'oasis. Par conséquent, Star ne pouvait pas avoir entendu parler des palmiers aux troncs croisés à Burami. Un souvenir lui revint, de lui et Faizan creusant au pied des immenses vieux arbres, convaincus qu'un trésor y était enfoui. Il entendit le rire des deux gamins, sentit le sable couler entre ses doigts.

— Que disent les journaux intimes à propos de Hatem ?

— Beaucoup de choses, répondit Star en souriant. Qu'après avoir vu ce qui s'était passé en Égypte, il était partagé entre les Britanniques et les autres Européens. Notamment à cause des taux d'emprunt beaucoup trop élevés et enfin, de la révolte nationaliste. D'après Catherine, Hatem maintenait que Duratra s'était très bien passé du protectorat britannique jusqu'à présent et qu'il ne voyait pas de raison pour que cela change. Mais il avait été surpris de voir que Catherine l'approuvait.

— Pourquoi était-elle d'accord avec lui ?

— Parce qu'elle savait ce que c'était que de vivre sous la contrainte, la menace. À leur retour de l'oasis, Hatem et Catherine ont appris la mort de son père. Tout ce qu'elle possédait, tout ce qu'elle avait connu jusque-là, reviendrait à son cousin, lequel avait clairement exprimé son intention de l'épouser. Ce que je vais te dire va probablement te surprendre, mais Hatem avait demandé Catherine en mariage.

— En effet ! Enfin, non. À ce stade, plus rien ne me surprend, je l'avoue, dit-il en tendant la main vers sa tasse de thé.

— Catherine savait qu'il était promis à Alyah, poursuivit Star. Elle pensait qu'Alyah serait une bonne épouse pour lui.

— Tu m'en diras tant…, fit-il, sachant bien sûr que Hatem avait épousé Alyah.

Star ouvrit l'un des petits carnets reliés de cuir qu'elle avait apportés et se pencha pour lui désigner le haut de la page de gauche.

« Il sera heureux avec Alyah. Doux, aimant et patient… Nous nous ressemblons trop, nous sommes trop téméraires, trop impétueux. Mais il refuse de le voir. »

— Que voulait-elle dire par là ?

— Hatem ne croyait pas que Catherine devait rentrer en Angleterre. Elle disait souvent « Les hommes pensent que les femmes ignorent tout du devoir. Alors que, parfois, nous n'avons jamais rien connu d'autre. » Il était incapable de comprendre pourquoi elle ne pouvait pas rester et ils ne se sont pas séparés en très bons termes.

— Mais comment Alyah s'est-elle retrouvée avec le pendentif, si leur séparation s'est mal passée ?

— Ah, tu ne trouves plus que c'est rocambolesque… ?

Il la regarda en fronçant les sourcils.

— Le terrible « regard du cheikh », fit-elle avec un petit sourire moqueur. Ça fonctionne vraiment ?

— Oui ! Avec tout le monde sauf toi, répliqua Khalif en ne pouvant s'empêcher de rire.

— Après être rentrée en Angleterre, Catherine a écrit à Hatem. Son mariage avec son cousin Anthony était encore pire que ce qu'elle imaginait. C'était un sale type, violent et extrêmement grossier. Elle a continué à écrire son journal pendant quelques années puis a arrêté et a caché ses carnets. Mais elle a écrit à Hatem pour lui demander une faveur. Elle désirait qu'il fabrique une clé séparable en deux parties. L'une lui étant destinée, et l'autre à lui, jusqu'à ce que quelqu'un vienne la chercher à Duratra.

— Que permet d'ouvrir cette clé ?

— Catherine désirait conserver des choses précieuses hors de la portée d'Anthony. Ses journaux intimes, des photographies… et les Diamants Soames, que son mari convoitait depuis toujours. Dans ses carnets, elle a laissé des indices et des messages codés destinés à une personne digne de les découvrir, mais ils ont échappé à tous ses descendants mâles. À l'instar d'Anthony, ils les ont cherchés avec une telle frénésie que cela les a rendus fous.

— Parce qu'aucun d'entre eux n'était digne de les posséder ? demanda Khalif. Et cette clé, c'est le pendentif ?

— Oui, une fois les deux parties réunies. Et elle permet d'accéder à la pièce indiquée sur le plan des passages secrets que Skye a récupérée le jour où nous…

— C'est à cause de cela que tu étais si triste ? Ta sœur avait récupéré le plan alors que toi tu avais échoué à trouver la clé ?

Il la dévisagea un instant en silence.

— Et avec ces diamants, vous…

— Si nous les trouvons, nous hériterons de toute la propriété et la vendrons pour faire soigner notre mère.

— Vous pourriez en tirer bien davantage, non ?

— C'est tout ce que nous désirons et dont nous avons besoin.

La sincérité et la simplicité de ses paroles émurent Khalif malgré lui.

— Oui, mais…, commença-t-il, choisissant prudemment ses mots. Si je comprends bien, Catherine s'est donné beaucoup de mal pour protéger ces diamants destinés à quelqu'un qui soit digne d'en hériter. Alors les vendre à un prix inférieur à leur juste valeur…

— Je pense que Catherine comprendrait notre attitude, qu'elle apprécierait que nous fassions passer notre devoir envers notre mère avant la tradition, déclara-t-elle avec une assurance et une fermeté impressionnantes.

Star tourna de nouveau les yeux vers la fenêtre, faisant ruisseler la rivière de boucles sur ses épaules. Ainsi, Hatem avait emmené Catherine à l'oasis… Était-ce à cause de cette jeune femme intrépide qu'Alhafa était réputée pour avoir hébergé les maîtresses des cheikhs ?

— Que signifie le mot Alhafa ?

— La bordure, l'arête. On peut voir le désert depuis chaque fenêtre et on y a souvent l'impression de se trouver aux confins du monde.

— C'est très beau.

— Mon frère aurait été d'accord avec toi. Je… Ce n'est pas facile pour moi de revenir ici, reconnut Khalif. Nadya et Nayla adoraient ce palais. Faizan envisageait de s'y installer avec sa famille plutôt que de rester à Burami. Quand elles étaient petites, les jumelles couraient en criant dans les couloirs, terrifiant le personnel…

Il ne put s'empêcher de sourire à ce souvenir, avant de tressaillir douloureusement. Il s'était coupé de ses nièces et elles souffraient de son retrait, il le savait.

— Faizan leur a appris à nager dans l'étang de l'oasis, tout comme notre père nous l'avait appris. C'est ici que nous avons… fait la connaissance de Samira. Son père était venu nous rendre visite un été avec sa famille.

Samira avait alors l'âge qu'avaient les jumelles maintenant, réalisa-t-il soudain.

— Le premier jour, elle a grimpé dans un arbre et a refusé de redescendre.

— Qu'est-ce qui a fini par la persuader de le faire ?

Moi.

— La faim, mentit Khalif. À propos, il se fait tard. Ce n'est pas un repas à proprement parler, seulement des…

— Ce sera parfait, l'interrompit Star avec un doux sourire.

Elle le regarda en silence, l'air hésitant.

— Oui ?

— Tu sais où se trouve le pendentif, Khal ?

L'espoir brillait dans les grands yeux couleur d'océan. L'espace d'un instant, il eut envie de lui répondre qu'il l'ignorait. Par pur égoïsme. Parce que ce bijou était trop lié à ses souvenirs. À celui de Samira le portant à son cou…

— Oui.

— Il est ici ? Je peux le voir ?

— Non, je suis désolé. Il se trouve à Burami.

Quand elle se mordilla la lèvre, il dut refouler le désir de se pencher pour l'effleurer sous son pouce.

— Je parlerai à ma famille, mais je te crois. Il t'appartient.

— Merci.

Subitement, Khalif remarqua qu'elle avait les pieds nus et cela suffit à embraser sa libido. Il n'avait tout de même pas développé un fétichisme des pieds en l'espace de vingt-quatre heures !

Star partageait son trouble. Elle avait raidi légèrement les épaules, incliné, à peine, la tête de côté, comme elle l'avait fait chez lui la veille au soir, à Burami. Il avait alors posé les lèvres à l'endroit où battait le pouls, juste sous l'oreille…

Il s'efforça de reprendre le contrôle de ses sens, mais tous semblaient concentrés sur elle et rien qu'elle.

Un courant brûlant passa entre eux, impossible à endiguer. Puis, soudain, Star sourit et se leva. Khalif l'imita aussitôt, conscient de la dominer de toute sa hauteur et submergé par les souvenirs de leurs étreintes passionnées, de la façon dont son corps avait enveloppé le sien.

Se rapprochant de lui, elle se haussa sur la pointe des orteils tandis qu'il se figeait et retenait son souffle. Elle tourna légèrement la tête et lui déposa un baiser sur la joue.

Ses lèvres lui avaient à peine effleuré la peau, mais cela suffit à déchaîner le désir qui le consumait.

Lorsqu'elle ouvrit la porte et disparut dans le couloir, Khalif serra les poings et poussa un juron.

Trop d'émotions rugissaient en lui. Trop de souvenirs lui obscurcissaient l'esprit…

Il tourna les yeux et aperçut les plats posés sur la table basse. Ils n'y avaient même pas touché.

7.

Khalif se réveilla d'un cauchemar épouvantable et se redressa sur son séant, trempé de sueur, le cœur lui tambourinant les côtes.

Son smartphone vibrait sur la table de chevet. Inutile de le consulter pour savoir qu'il contenait une bonne trentaine d'e-mails non lus et plusieurs appels manqués provenant de son père et concernant le mémorial.

Il tourna les yeux vers le réveil : 5 h 30. Il n'avait déjà pas beaucoup dormi la nuit dernière, mais il ne voulait pas prendre le risque de replonger dans le même cauchemar.

Quelques instants plus tard, en pantalon souple et tunique, Khalif longeait les couloirs plongés dans la pénombre, hanté par les images et les souvenirs de son frère, de Samira. Du regard qu'elle lui avait adressé juste avant d'épouser Faizan.

Lorsqu'il prit la direction des écuries, il accéléra le pas. Il allait enfin retrouver Mavia, sa jument préférée. Une vraie reine, et de loin la meilleure de ses écuries.

Elle l'accueillit comme une maîtresse délaissée, et à juste titre. Il aurait dû revenir à Alhafa depuis longtemps. Mais, n'étant pas rancunière, Mavia lui donnait déjà des petits coups de naseaux pour lui témoigner son affection.

Quand ils sortirent des écuries, le soleil commençait à se lever et la lune et les étoiles s'éteignaient dans le ciel. Ne faisant qu'un avec sa monture, Khalif s'élança au galop, grimpa jusqu'au sommet d'une haute dune avant de s'enfoncer plus avant dans le désert, tournant le dos à l'oasis, à Alhafa et Burami. Au passé, au présent, et au futur.

Le sable et le ciel, c'était tout ce qu'il désirait.

Mais, en dépit de tous ses efforts, son esprit refusait de lâcher prise. Les doutes, les craintes, les ombres et les fantômes se soulevaient autour de lui comme le sable avant l'orage. Pendant trois années, il avait surmonté la souffrance, le chagrin, la culpabilité et la colère causée par les choix de Faizan et Samira, les supportant en silence et en secret. Il avait essayé de se recréer un nouveau moi, passant du playboy au futur chef d'État qu'aurait été son frère, et la seule fois où il avait dérapé, cédé à la faiblesse…

Star. Son prénom résonna en lui comme une invocation et une malédiction.

Ce serait elle qui pâtirait de la situation. Tout ce qui faisait sa beauté et sa force serait étouffé par les contraintes inhérentes au devoir royal et à l'étiquette. Son enthousiasme, son optimisme, ses espoirs romanesques… Elle serait privée des libertés qui lui étaient vitales et étoufferait dans sa cage.

Comment pourrait-il jamais supporter de lui imposer ce que lui-même avait subi ?

Khalif tira sur les rênes. Mavia s'arrêta aussitôt.

Il ne pouvait pas infliger cela à Star. C'était impossible.

Tout en contemplant le soleil qui venait d'apparaître tout entier au-dessus de l'horizon, il se jura que, si elle n'était pas enceinte, il la laisserait partir. Pour toujours.

Star entrebâilla la porte et jeta un coup d'œil dans le couloir. Personne. Son heure de réclusion étant passée, elle ne resterait pas enfermée plus longtemps.

Bientôt, elle tiendrait la clé reconstituée entre ses mains, songea-t-elle en s'avançant dans le couloir désert. Une merveilleuse sensation de légèreté l'envahit, comme si son cœur s'était libéré de chaînes invisibles au cours de la nuit et flottait maintenant dans sa poitrine. Elle aurait tellement aimé appeler ses sœurs pour leur parler de sa découverte. Star repensa à la petite maison de New Forest qu'elle partageait avec Skye et Summer. Lorsque Summer était à l'université, Skye était toujours là pour veiller sur elle et s'occuper de tout. Star se demanda soudain si son aînée s'était rendu compte du temps et de l'attention qu'elle lui avait accordés depuis le jour où Star avait rencontré ses grands-parents.

Le silence régnait alentour, lui donnant une impression de solitude totale à laquelle elle n'était pas habituée. Khalif ne se trouvait pas au palais, Star n'aurait su dire comment elle le savait mais elle en avait la quasi-certitude.

Arrivée dans un vestibule d'où partaient plusieurs couloirs, elle s'arrêta un instant puis prit celui de gauche. Quelque chose lui fit penser à Khalif, la qualité du silence… Pas le Khal de Burami, mais le prince. L'homme qu'elle allait peut-être devoir épouser.

Une sensation de malaise lui envahit la poitrine, si vive que Star se massa le plexus solaire pour tâcher de s'en débarrasser. Durant leur nuit magique, elle avait senti un lien puissant entre elle et Khal, elle avait eu l'impression de le connaître. Mais Khalif… Il se raccrochait à sa souffrance et à sa colère, et elle ne pouvait s'empêcher de penser que si elle ne les affrontait pas – si elle n'affrontait pas Khalif –, elle ne parviendrait jamais à le connaître complètement.

Continuant son exploration, elle traversa des pièces aux meubles recouverts de housses blanches, aux volets clos. Pas un gramme de poussière – à l'inverse du manoir d'Elias Soames. En revanche, il y régnait la même atmosphère de désolation et d'abandon.

La disparition de Faizan et de Samira était palpable. Il semblait interdit de prononcer leurs noms. Ce genre de chagrin pouvait s'avérer dangereux. Refoulé, verrouillé en soi, il s'envenimait et meurtrissait, se répandait comme du poison… Et ce poison était capable de causer des blessures profondes, voire mortelles. Star songea aux jumelles et se demanda si on les laissait exprimer leur chagrin, parler de leurs parents comme Mariam l'avait encouragée à le faire. Durant son enfance et au début de son adolescence, Star s'était confiée à elle, et les difficultés s'étaient allégées petit à petit, la souffrance se muant en amour. La douleur n'avait pas disparu complètement, elle était toujours là, en sourdine, elle ne disparaîtrait peut-être jamais tout à fait, mais, au lieu d'être ignorée, elle était acceptée et reconnue comme la preuve de l'amour qui avait uni son père et sa mère.

Star retrouva sans difficulté le couloir que Khalif avait déclaré interdit d'accès et, en dépit de cette interdiction, s'y engagea. Au moment où elle passait devant une porte à moitié ouverte, elle s'arrêta net.

À la différence des autres pièces, celle-ci paraissait avoir été occupée jusqu'à tout récemment. Des chiffons traînaient sur le sol, les murs étaient à moitié peints, des rouleaux abandonnés dans les bacs étaient figés dans la peinture qui avait séché, à côté de gros pots fermés. Comme si un projet de décoration avait été brusquement interrompu. S'avançant dans la pièce, Star réalisa qu'il s'en dégageait une impression de… vie restée en suspens. Impression totalement absente des autres parties du palais qu'elle avait traversées. Un pull avait été posé négligemment sur le bras d'un sofa. Un flacon de vernis à ongles sur la table basse. Des jouets gisaient çà et là sur le sol, attendant d'être rangés.

Cet endroit était destiné à accueillir une famille.

La famille de Faizan et Samira.

Star entra dans la pièce voisine et, le cœur serré, contempla les deux petits lits jumeaux, puis regagna le salon.

Les travaux avaient sans doute été interrompus dès l'annonce de l'accident de Faizan et Samira, mais c'était vraiment dommage de priver Nadya et Nayla de ce qui aurait dû devenir leur maison. Elle regarda les teintes choisies pour la pièce, le style des étagères, leur agencement ingénieux, et imagina la beauté de la pièce une fois les travaux achevés.

— Qui t'a permis de venir ici ?

Elle se retourna et croisa le regard dur de Khalif. La colère émanait de toute sa personne tandis qu'il la contemplait, immobile à quelques pas, les cheveux humides collés à son front. Il avait le souffle court, comme s'il venait de courir dans le désert. La tunique blanche faisait ressortir sa peau hâlée, le pantalon ample couleur ivoire lui donnait un petit côté « bohème chic ». En revanche, il n'y avait rien de décontracté dans son regard ou dans son attitude. Il avait les épaules raides et la contemplait comme si elle avait commis un crime en franchissant le seuil que lui refusait de franchir.

— Comment as-tu *osé* entrer dans ces appartements ?

Khalif tremblait de rage et de chagrin. En outre, la trahison de Star lui était insupportable. Lorsque Masoud, qui attendait son retour, lui avait dit où elle se trouvait, il ne l'avait pas cru.

À présent, il essayait en vain de garder les yeux fixés sur elle mais, n'étant pas venu dans ces pièces depuis trois ans, il ne pouvait s'empêcher de regarder partout. Et de voir ce qu'il désirait voir et refusait de voir. Le pull de Samira abandonné sur le bras d'un sofa, les pots de peinture dont les teintes avaient été choisies par elle et qui lui rappelaient leurs discussions à ce sujet… Les jouets de ses nièces… Les souvenirs l'assaillaient sans pitié, avec une cruauté inouïe. Khalif aurait juré qu'il sentait le parfum de Samira flotter dans l'air.

— Je me demandais pourquoi le mémorial te posait autant de problèmes. Et maintenant, je crois avoir compris, dit-elle lentement.

— Tu ne comprends rien ! riposta-t-il avec colère.

— Je sais ce que c'est que de perdre un être cher, répliqua-t-elle de sa belle voix mélodieuse. Ceux que l'on a perdus et ceux que l'on craint de perdre.

Elle le regardait dans les yeux, avec sérénité et bienveillance.

— Qu'elles soient passées ou futures, ces émotions sont les mêmes, Khal. Chagrin, colère, ressentiment, dévastation, impuissance. Mais ceci ?

Se tournant à demi, elle embrassa la pièce du regard.

— On dirait que vous avez cessé de respirer quand ils sont morts. Cela vous arrive de parler d'eux, au moins ?

— Évidemment, rétorqua-t-il sèchement, espérant la faire taire.

— Quand as-tu prononcé leurs prénoms à voix haute pour la dernière fois ?

— C'était avec toi, répliqua-t-il d'une voix gutturale.

— Ce n'est pas ce que je voulais dire, tu le sais.

— Peu importe.

Ce fut plus fort que lui, il se tourna vers la porte de la chambre destinée autrefois à Nadya et Nayla.

« Je veux que leurs lits soient face à face, les moustiquaires seront roses, et la lanterne magique projettera des étoiles sur le plafond. Ce sera très beau, tu verras, Khal. »

— Ce n'est peut-être pas important pour toi, ni pour tes parents, qui doivent avoir de nombreux souvenirs de Faizan et Samira…

— Tais-toi !

— Mais pour Nadya et Nayla, si. Ou ça le sera un jour.

— Tu peux t'expliquer ? demanda-t-il d'une voix sourde.

— J'ai grandi dans l'ombre d'un disparu. Je voulais tout savoir de lui. C'est normal, on a envie de tout connaître d'un père que l'on n'a pas connu. D'où il venait, à quoi il ressemblait… Si on lui ressemble, s'il aurait aimé ce que l'on devient, s'il… nous aurait aimées.

Tout lui faisait mal. Khalif souffrait pour Nayda, pour Nayla, pour Star. Pour lui-même.

— Et si personne ne parle de lui, c'est comme un déni. Un refus de reconnaître son existence. Et on a l'impression que la souffrance qui nous étreint le cœur n'a pas de vrai fondement, qu'elle nous entraîne à la dérive.

Elle ouvrit les bras et contempla la pièce.

— Et tout ceci ? Ces appartements ? Cette « résidence » ? Ça devait être leur maison. Faizan et Samira y avaient mis tout leur cœur, et leurs filles n'y sont jamais plus revenues, et c'est affreusement triste.

Khalif prit ces paroles pour une accusation qui l'atteignit en plein cœur.

— Nous avons essayé de les protéger, se défendit-il.

— Non. Vous avez choisi la solution la plus facile.

— Ne remue pas le couteau dans la plaie, lança-t-il, mi-menaçant, mi-suppliant.

— Pourquoi ? Il faut bien que quelqu'un le fasse. Tu ne peux pas continuer comme ça. Tu es malheureux de ne pas avoir réussi avec le mémorial…

— Il est prêt ! cria-t-il. Il aura fallu trois ans pour y arriver, mais c'est enfin fait.

— Ah oui ? Pourquoi es-tu aussi peu satisfait, alors ? Tu n'arrêtes pas d'y apporter des modifications, mais cela ne servira jamais à rien si, au fond de ton cœur, tu sais qu'il n'est pas réussi.

— Tu ne sais pas de quoi tu parles !

— Peut-être, mais au moins, je parle. Et franchement, Khal, tout le monde a-t-il si peur de toi que personne n'ose te dire ce qu'il en pense ?

— OK, Star. Alors dis-moi, toi. Dis-moi ce que tu en penses.

— Je pense que tu as tellement peur de ce sentiment de culpabilité qui t'habite que cela t'empêche de ressentir de vraies émotions envers Faizan et Samira. Et qu'à cause de ce… blocage, tu as conçu un projet de mémorial qui ne rend qu'à moitié hommage à leur mémoire.

Khalif se sentit blêmir. Il eut envie de se battre avec quelqu'un, de hurler qu'elle se trompait… Un goût de nausée lui monta aux lèvres.

— C'est un échec total, reconnut-il, les mâchoires crispées. Tout le monde le sait, personne ne l'admet. Mais trouver quelque chose qui corresponde aux souhaits du père de Samira, qui contente mes parents, sans parler de mes nièces…

Il se mordit la joue, déchiré entre le désir de tout expliquer à Star et celui de tout enfouir en lui pour toujours.

— Samira avait six ans lorsque sa famille est venue ici pour la première fois. J'en avais sept et Faizan huit. Nous étions inséparables tous les trois, nous terrorisions le personnel, grimpions aux arbres, faisions toutes les bêtises possibles et imaginables… Jusqu'à ce que Faizan doive commencer son apprentissage de futur souverain. Nous sommes restés seuls tous les deux. Même en suivant ma scolarité à l'école municipale, j'avais du mal à me faire des amis qui comprennent la présence de gardes du corps, ou qui n'essaient pas de profiter de moi, de mon statut. Samira le comprenait. Elle comprenait les contraintes de la vie royale. Mais, au lieu d'en pâtir comme moi, elle s'en nourrissait. Elle voulait profiter de son statut pour accomplir de grandes choses. Elle se moquait de moi parce que je fuyais mes responsabilités et moi je me moquais d'elle parce qu'elle en acceptait trop.

Le son de son rire lui manquait. La façon dont elle le rassurait, le réconfortait. Assumer son statut de prince lui avait toujours coûté, alors que Samira revendiquait le sien avec grâce et beauté.

— J'avais toujours pensé, espéré… Faizan devait épouser la fille d'un ambassadeur mais elle a fui juste avant l'annonce de leurs fiançailles, incapable de supporter le poids du devoir, la curiosité du public. Le palais était sens dessus dessous et Abbad… Abbad a proposé sa fille. Et sa proposition a été acceptée par tous.

Sans le lui dire. Même Samira ne lui en avait pas touché un mot. Khalif n'oublierait jamais le moment où il l'avait appris. La confusion, l'incompréhension qu'il avait ressenties. Jusqu'à ce qu'il voie la compassion et l'excuse muette dans les yeux de Samira. Même encore maintenant, le souvenir de cet instant lui déchirait le cœur.

— Tu ne leur as jamais parlé de ce que tu ressentais pour elle ?

— Que veux-tu dire ?

— Que tu l'aimais, répondit-elle simplement.

Ces quelques paroles vibrèrent autour de lui et en lui avec une telle force qu'il fut surpris de ne pas voir les murs se fendiller et de ne pas s'écrouler lui-même.

Il aurait pu mentir et répliquer qu'il n'avait jamais aimé Samira, mais ce faisant il aurait brisé quelque chose en lui. Et il ne souhaitait pas déshonorer Samira ou Star.

— Je n'ai pas eu besoin de le leur dire. Parce que dès l'instant où elle a été fiancée à Faizan…

Comment décrire le combat qui s'était livré en lui ? La lutte contre ses désirs, ses aspirations, ses pulsions…

— Après la naissance de Nadya et Nayla, mes sentiments ont changé complètement. Tout a changé. Samira est devenue une autre femme. Mère de deux bébés magnifiques – elle *adorait* ses filles, elle…

Oui, tout avait *radicalement* changé.

— Cela a dû être incroyablement difficile pour toi de voir Faizan et Samira se marier, fit remarquer Star.

— Elle désirait l'épouser. Elle savait que nos parents souhaitaient cette union. Elle le connaissait, l'aimait profondément. Faizan était…

Khalif inspira.

— Plus mûr et meilleur que moi.

— Il était *différent*.

— Tu ne l'as pas connu…, murmura-t-il avec l'ombre d'un sourire.

Star le regarda s'avancer lentement dans la pièce et comprit que le fait de laisser remonter les souvenirs enfouis l'avait libéré de liens invisibles. Elle était contente qu'il ait parlé de Samira. L'amour n'aurait jamais dû être source de souffrance ou de honte. L'entendre évoquer ses sentiments pour sa belle-sœur avait été douloureux pour Star, elle avait même ressenti une pointe de jalousie, mais ce n'était pas grand-chose comparé à la douleur de Khal.

Il avait dû éprouver un affreux sentiment de trahison. Sa famille avait forcément deviné son amour pour Samira. Star le croyait quand il disait que tout avait changé à la naissance de Nadya et Nayla. Mais quand même… Elle souffrait pour lui et était plus que jamais persuadée qu'il avait besoin de revenir dans ce lieu autant que ses nièces. Ils en avaient tous besoin.

— Je voudrais terminer ce qu'ils avaient commencé, dit-elle doucement.

Khal se figea.

— Je veux aider à créer une maison pour Nadya et Nayla.

— Je ne sais vraiment pas si c'est une bonne idée, répliqua-t-il en se retournant.

— Je pense que ce serait bon pour elles.

Un mélange d'émotions contradictoires se lisait dans les yeux sombres.

— Je ne comprends pas bien ce que tu envisages de faire.

— Ne t'inquiète pas. J'ai des idées. Tu veux que je… ?

— Non. Demande au personnel de te fournir ce dont tu as besoin. Il te suffira de laisser la liste dans ta suite.

Ne voyant pas Star venir le rejoindre pour le petit déjeuner le lendemain matin, Khalif se dirigea vers les appartements de son frère, certain de l'y trouver, et la découvrit en train d'achever d'appliquer consciencieusement la sous-couche commencée par un peintre trois ans plus tôt. Chaque fois qu'elle levait le bras pour passer le rouleau, le débardeur remontait sur son dos, dévoilant une portion de peau claire au-dessus de la ceinture du pantalon en lin beige.

Il se détourna et s'en alla, mais se trouva un prétexte pour revenir en fin de matinée – et fut surpris de voir la somme de travail accompli en quelques heures. Il faillit franchir le seuil, mais se ravisa et fit demi-tour.

Quand il la retrouva le soir pour dîner, Star avait l'air heureuse mais faillit piquer du nez dans son assiette à plusieurs reprises.

— Comment te sens-tu ? avait-il demandé en la regardant s'asseoir en face de lui.

— Toujours pas enceinte, avait-elle répondu avec un sourire las.

À tel point qu'il s'était demandé s'il devait embaucher un architecte d'intérieur pour la seconder. Comme l'avaient fait Faizan et Samira.

Au moment du dessert, il se rendit compte que c'était la première fois qu'il pensait à eux naturellement, sans éprouver le sentiment de culpabilité et la souffrance qui accompagnaient d'habitude ces instants.

Le jour suivant, il trouva Masoud dissimulé dans le couloir conduisant aux appartements de Faizan, l'air tendu à craquer et allant régulièrement jeter un coup d'œil à la progression des travaux, avant de se retourner d'un mouvement vif en levant les yeux au ciel.

Khalif observa son manège avec étonnement. Jusqu'à présent, aucun membre du personnel n'avait vu ou approché Star.

S'avançant vers lui sans faire de bruit, il regarda par-dessus l'épaule de Masoud et faillit s'étouffer en voyant… Star badigeonner avec entrain une fresque du Xe siècle en chantonnant. Quant à son fidèle régisseur, il s'éventait avec la main et paraissait au bord des larmes.

— Nous en avons d'autres, Masoud, chuchota Khalif, autant pour le rassurer que pour se rassurer lui-même.

— Je sais, murmura tristement Masoud. Mais celle-ci était particulièrement belle. Et je n'ai pas eu le courage de le lui dire… Elle met tellement de cœur à l'ouvrage…

Khalif ne put qu'acquiescer d'un hochement de tête,

impressionné de voir que le régisseur d'Alhafa était prêt à sacrifier sa fresque préférée pour Nadya et Nayla, et Star.

— Mais je suis tout de même un peu inquiet pour les mèches, ajouta-t-il.

— Les mèches ?

— Elle a demandé une perceuse, et des mèches et des forets de plusieurs tailles.

Il comprit aussitôt l'inquiétude de Masoud et tressaillit.

— Je veillerai à ce qu'elle ne fasse pas de dégâts, ne vous inquiétez pas, dit-il en espérant pouvoir intervenir à temps.

Le jour suivant, Star ne vint toujours pas le rejoindre à l'heure du petit déjeuner, et cette fois Khalif emporta un assortiment de pâtisseries quand il se dirigea vers les appartements de son frère – et réalisa qu'il commençait à imaginer Nadya et Nayla revenant à Alhafa.

Star avait déjà entrepris de peindre les murs de leur chambre et travaillait avec entrain, les cheveux protégés par un large turban de coton vert émeraude.

Comme si elle attendait son arrivée, elle se retourna vers lui et le gratifia d'un sourire si radieux que son cœur fit un bond dans sa poitrine.

Que ressentirait-il s'il se réveillait près d'elle chaque matin ?

— Tu arrives au bon moment, dit-elle, un éclat turquoise ravivant la teinte de ses yeux.

— Tant mieux, répliqua-t-il en lui tendant les pâtisseries.

Elle baissa les yeux, manifestement ravie.

— Merci ! Je meurs de faim. Il reste juste ce petit coin…

Regardant derrière elle, il aperçut l'escabeau.

— Ne me dis pas que tu grimpes là-dessus ?

La brutalité de son ton les surprit tous les deux. Mais ç'avait été plus fort que lui.

— Bien sûr que si. Comment veux-tu que je…

— Non, arrête tout de suite. Je crains déjà les émanations

toxiques des peintures, mais si tu montes sur un escabeau, tu vas ensuite essayer de bouger les lits…

Elle le regarda en écarquillant les yeux.

— Qu'est-ce que tu as fait ? demanda-t-il, s'attendant au pire.

— Je les ai démontés avant de les changer de place.

— Comment as-tu… ?

— Ce n'est vraiment pas difficile, l'interrompit-elle en levant les yeux au plafond. Ils ne viennent pas de chez Ikea, mais le principe est le même, et comme j'ai des clés Allen…

— Des clés à laine ? Mais qu'est-ce que tu racontes, et…

Le rire de Star fusa. Elle se plia en deux et s'essuya les yeux.

— Je ne vois pas ce qu'il y a de drôle…, commença Khalif en s'efforçant en vain de se raccrocher à sa colère.

— Rien, dit-elle en souriant. Prends le rouleau et termine le haut du mur.

Il baissa les yeux sur sa chemise, son pantalon.

— On a peur de se salir ? fit-elle en haussant un sourcil.

— Pas toi, manifestement.

En plus des taches de peinture sur le pantalon et les avant-bras, elle en avait une grosse sur la joue. Il s'interdit de tendre la main pour l'essuyer et, docile, il s'empara du rouleau et fit ce qu'elle lui avait demandé – tout en sachant qu'il était déjà en retard pour la visioconférence avec ses assistants.

Au cours des jours suivants, la couleur apparut sur les murs et Star l'avait convaincu de participer aux travaux. Mais quand il avait percé un mur et vu tomber un morceau de plâtre, Khalif avait été terrifié. Elle l'avait regardé en éclatant de rire, avant de déclarer que la meilleure, et la seule, façon d'apprendre le métier, c'était de faire des erreurs et de les réparer.

Et quand ce soir Star avait réussi à le faire parler du mémorial, elle ne l'avait pas interrogé sur le projet en soi mais lui avait posé des questions concernant Faizan et Samira. Comment ils étaient, ce qui les faisait rire, les mettait en colère. Et, tout en lui racontant la fois où Samira avait arrondi les angles lors d'une réception dans une ambassade, il s'était rappelé le surnom qu'ils lui avaient donné ce soir-là : *jisr*, autrement dit « le pont ». Parce qu'elle avait le don d'établir des passerelles entre les idées, les gens, les pays.

— Et Nadya et Nayla, qu'en pensent-elles ? avait soudain demandé Star.

— Que pensent-elles de quoi ?

— Du mémorial.

— Elles ont six ans…

— Oui. Six – pas trois, ni un an. À six ans, on est en général capable de manger tout seul.

Il l'avait regardée en fronçant les sourcils, furieux et… mal à l'aise.

— Personne ne leur a demandé leur avis ?

Qu'en pensaient Nadya et Nayla ? Il serait bientôt minuit et la question continuait à tourner en boucle dans sa tête. La pensée d'avoir peut-être contribué à aggraver le chagrin de ses nièces lui était… intolérable. Comme s'il l'avait nié, ou ignoré. Comme si le sien, celui de ses parents, de la nation, étaient plus importants que le leur. Incapable de se débarrasser du sentiment de honte et de culpabilité qui avaient pris possession de lui, Khalif comprit qu'il *devait* retourner à Burami et voir ses nièces.

Il en profiterait pour récupérer le pendentif.

8.

Tout ce qu'elle demandait lui était fourni en vingt-quatre heures, quarante-huit au maximum… Là, en plein désert.

Une nuit, Star avait essayé de rester éveillée pour voir si elle entendait un véhicule arriver, ou un hélicoptère, mais rien. Les choses apparaissaient par magie, comme si elles avaient été déposées par le Père Noël. Cependant, elle était décidée à ne plus confondre ses rêves avec la réalité. Ses demandes étaient satisfaites par des êtres humains, des employés, pas des fées. Et la rapidité avec laquelle elle obtenait tout ce dont elle avait besoin n'avait rien à voir avec un phénomène surnaturel mais avec le statut de Khal.

Il appartenait à la famille royale. Il se comportait en prince, certes, mais il n'en était pas moins un homme, un être sensible avec son chagrin et ses difficultés. Et depuis quelques jours, un changement était survenu dans leur relation. Ils se parlaient. Vraiment. Ils construisaient quelque chose, alors si elle était enceinte, ce ne serait peut-être pas si terrible. Avoir un enfant avec Khalif serait peut-être son conte de fées à elle ?

Aussitôt après s'être douchée et habillée, Star se rendit dans son petit salon où elle espérait trouver la peinture bronze doré dont elle avait besoin pour le plafond de la salle de bains des jumelles. Apercevant une enveloppe glissée sous la porte, elle pensa que le mot provenait d'un employé s'excusant de ne pas avoir pu en trouver. Mais quand elle sortit la feuille de papier épais couleur ivoire et vit le K apposé au bas, son cœur fit un bond.

De surprise, se convainquit-elle après avoir parcouru le bref message. Elle n'était tout de même pas naïve au point de s'être imaginé qu'il lui avait écrit une lettre d'amour. Pourtant… elle était si troublée qu'elle dut relire le message deux fois avant de le comprendre alors que Khal la prévenait simplement qu'il devait retourner à Burami et serait de retour le plus tôt possible.

Sans s'en rendre compte, Star se massa le plexus solaire pour chasser la douleur qui lui étreignait la poitrine en se disant qu'elle était vraiment stupide d'avoir espéré… Qu'avait-elle espéré, au juste ? Khal était un prince, pas un héros de roman. C'était un homme important et il avait été rappelé dans la capitale, aussi aurait-il été absurde de s'attendre à ce qu'il la réveille pour l'en avertir.

Elle soupira et, ne voyant pas les pots de peinture demandés dans le vestibule, se dirigea vers la suite de Nadya et Nayla.

Cinq minutes plus tard, elle pénétrait dans la salle de bains et répertoriait ce qu'il lui restait à faire. Cette pièce était magnifique. Star avait beau se répéter qu'il n'y avait pas de quoi s'exciter, elle était très fière du résultat. Dès qu'elle avait découvert cette salle de bains, elle avait remarqué le soin particulier apporté par Samira aux détails, les robinets en bronze, les cloisons en verre ancien… Il en émanait un charme délicieusement suranné et… royal.

L'énorme baignoire en fonte émaillée blanche sur pieds style pattes de lion rivalisait de beauté avec la douche pavée de petites mosaïques rose clair assorties à la teinte naturelle du plâtre que l'on trouvait dans tout le palais. Mais ce qui avait le plus séduit Star, c'était la peinture bleu nuit choisie par Samira pour le plafond qui rendait à merveille l'immensité infinie du ciel nocturne. Dès que la peinture bronze doré arriverait, elle le couvrirait d'étoiles. Des grandes, des moyennes, des petites, des minuscules…

Quittant la salle de bains, elle retourna au salon s'occuper du projet qu'elle prenait tant de plaisir à réaliser. Elle ne l'avait pas encore montré à Khal, pour lui faire une surprise. Elle voulait voir son expression quand il verrait l'arbre. Lorsque les filles le découvriraient…

Star eut un petit pincement au cœur. Elle ne serait sans doute pas là pour voir leur réaction. La gorge nouée, elle battit précipitamment des cils.

Il ne s'agissait pas d'elle. Mais de Nadya et Nayla. Elles comprendraient que beaucoup d'amour avait été investi dans la décoration de leur nouvelle maison. Et, quand elles apprendraient que leur oncle y avait participé, elles seraient encore plus heureuses.

Se glissant sous la bâche protégeant son travail, elle prit son pinceau et se concentra sur les nuances de bruns. Khal pouvait dire ce qu'il voulait, elle avait absolument besoin d'un escabeau, mais elle était très prudente quand elle s'en servait.

Dans quatre jours, ils rentreraient à Burami pour l'inauguration du mémorial – ce qui lui laissait le temps de terminer son œuvre –, et pour effectuer le test de grossesse. Dès qu'elle en connaîtrait le résultat, Star saurait si sa vie allait changer irrévocablement ou reprendre son cours… normal. Ils s'étaient rapprochés l'un de l'autre au cours des derniers jours, mais Khal n'avait pas parlé de ce qui se passerait si elle n'était pas enceinte. Et elle pressentait que la réponse serait très simple. Rien. Rien ne se passerait. Elle irait rejoindre ses sœurs dans le Norfolk comme s'ils ne s'étaient jamais rencontrés.

Mais, même si c'était le cas, Star savait déjà que sa vie ne serait plus jamais la même. Elle se sentait changée. Pas seulement par Khal, mais par Catherine, par Duratra… Et par le désert dont la beauté l'avait conquise à jamais.

Cependant elle savait aussi, comme Catherine, que son devoir la rappelait en Angleterre. Elle allait rentrer avec la clé, elle et ses sœurs trouveraient les Diamants Soames, vendraient la propriété, sa mère bénéficierait du meilleur traitement et ensuite…

Pour la première fois de sa vie, la perspective de rentrer à la maison, de reprendre le travail qu'elle aimait tant, de retrouver les enfants… Maintenant qu'elle avait découvert le plaisir grisant de traverser le désert, de commencer à connaître un autre pays, une autre culture, de rencontrer des gens différents, sa vie d'avant lui parut manquer terriblement de relief.

Star réalisa tout à coup qu'elle n'avait pas parlé avec ses sœurs depuis bientôt une semaine et qu'elles lui manquaient trop. Sortant son smartphone de sa poche, elle sélectionna le numéro, appuya sur la touche d'appel et colla l'appareil à son oreille en continuant à peindre.

La sonnerie retentit, encore et encore, et soudain Star se revit à l'arrêt de bus presque dix ans plus tôt. Il faisait froid, une pluie fine tombait inlassablement. Elle frissonna en entendant la voix de Summer l'inviter à lui laisser un message. La sensation de froid la gagna tout entière, si intense que Star mit fin à l'appel sans laisser de message.

Elle avait attendu des heures, assise sur le banc en métal sans rien voir tandis que la pluie continuait à tomber.

« Nous ne voulons en rien avoir affaire avec ta mère ou avec toi. Ne reviens plus jamais ici. »

C'était à ce moment-là que Star avait pris conscience que la réalité était bien plus noire, plus dure, que n'importe quel roman, même le plus sombre.

Khalif n'avait pas prévu de passer la nuit à Burami, nuit très courte à vrai dire – pour lui et pour son équipe –, mais il était trop épuisé et avait préféré se reposer quelques heures avant de repartir.

Star avait eu raison. Il aurait dû parler avec Nadya et Nayla depuis longtemps. Si sa mère avait été surprise de l'entendre annoncer qu'il souhaitait voir ses nièces, elle n'en avait rien montré. Quant aux jumelles, elles s'étaient précipitées vers lui en courant et s'étaient jetées dans ses bras comme si elles l'avaient vu la veille et qu'il ne s'était pas coupé d'elles, physiquement et émotionnellement, depuis trois ans.

Il avait joué avec elles pendant des heures, construisant des châteaux forts avec des coussins et des draps tendus au-dessus de tables et de chaises. Et après avoir partagé avec elles un goûter fastueux, il avait parlé à Nadya et Nayla de leurs parents. Khalif s'était toujours imaginé qu'elles trouveraient cela triste et difficile, mais dès qu'il eut prononcé leurs prénoms, elles se mirent à bavarder joyeusement. De son côté, il avait eu un peu de mal à s'y habituer, surpris par leur volubilité et leur gaieté, avant de les écouter avec attention faire la liste de tout ce dont elles se souvenaient à propos de leurs parents, comme si elles faisaient cela tous les jours.

Nadya voulait des oiseaux, Nayla des fleurs, et Khalif avait réussi à éviter tout conflit en promettant que le mémorial comporterait les deux. Comment avait-il pu oublier l'amour de Samira pour les oiseaux ?

Après avoir quitté ses nièces, il avait convoqué son équipe et les avait informés des *grands* changements qu'il voulait apporter au projet. Il en avait soupé d'essayer de contenter tout le monde. C'était impossible, de toute façon. Aussi, ignorant les regards inquiets des hommes et des femmes assis autour de la table, Khalif s'était senti enfin satisfait et même joyeux en leur donnant ses directives.

Une fois la réunion achevée, comme il était trop tard pour partir en quête de sa mère, il avait regagné ses appartements et s'était écroulé sur son lit tout habillé avant de se réveiller quelques heures plus tard avec un mal de tête carabiné. Il avait pris une douche, s'était habillé, et il avalait son deuxième expresso sur le balcon quand il avait vu le cortège de son père quitter le palais. Il n'avait pas délibérément évité de rencontrer Bakir, mais il n'avait rien fait pour non plus.

Parce qu'il pressentait qu'une fois en face de lui, il aurait été incapable de lui cacher l'éventuelle grossesse de Star.

Il n'en parlerait à son père que lorsqu'il serait certain…

Surgissant de nulle part, une image s'invita dans son esprit, de lui-même tenant un enfant – *son* enfant. Sa tasse trembla dans sa main. Parce que, dans tous les scénarios qui lui étaient passés par la tête, Khalif ne s'était jamais autorisé à penser à ce qu'il ressentirait s'il avait un enfant. Un bébé ayant sa peau mate et les yeux superbes de Star. Un petit être qui aurait confiance en lui, l'aimerait, inconditionnellement.

D'un événement non souhaité et contraignant, l'éventuelle grossesse de Star se mua soudain en un événement qu'il pourrait désirer, attendre avec impatience. Il vit Star le regardant avec la même confiance, le même amour, et sentit la tête lui tourner.

Quand il était passé voir sa mère un peu plus tard, elle l'avait dévisagé en plissant le front et lui avait demandé s'il lui était arrivé quelque chose. Esquivant la question, il avait expliqué ce qu'il voulait et, bien que surprise, elle avait fait ce qu'il lui demandait sans plus poser de questions.

À présent arrivé à Alhafa, il sortit de la jeep et se dirigea tout droit vers la suite de Nadya et Nayla, sûr d'y trouver Star. Il vit immédiatement qu'elle n'y était pas. Elle n'était pas dans sa suite non plus. Un frisson le parcourut. Le palais paraissait vide. Accélérant le pas, il se rendit dans la partie réservée au personnel en espérant y apprendre quelque chose.

Il frappa à la porte du bureau de Masoud, entra, et fut surpris d'être accueilli par un regard de… reproche.

— Bonjour, Altesse.

Khalif fronça les sourcils, choqué par la rugosité inhabituelle du ton de son homme de confiance.

— Avez-vous vu Star ?

— Peut-être, dit Masoud en baissant les yeux sur le document posé devant lui sur son bureau.

— Masoud, commença Khalif, de plus en plus agacé par l'attitude irrespectueuse de son plus fidèle employé.

— Monsieur, avec tout le respect que je vous dois…

— Masoud, je remarque au contraire un manque évident de respect à mon endroit, l'interrompit-il.

— Vous n'auriez jamais dû la laisser seule comme ça, sans personne à qui parler.

— Où est-elle ?

— L'avez vous cherchée ?

— Évidemment.

— Avez-vous vu les merveilles qu'elle a réalisées dans la suite des princesses ?

— Naturellement, mentit Khalif.

— Très bien. Vous la trouverez sans doute du côté des écuries.

Peu habitué à se voir traité ainsi par un membre de son personnel – à l'exception d'Amin –, il prit la direction des écuries, furieux de devoir admettre que Masoud avait raison. Mais quand il arriva en vue des box, il recula aussitôt dans l'ombre. Star était avec Mavia, caressant l'encolure de la jument qui se laissait faire avec une délectation manifeste.

Mavia ne faisait jamais confiance à personne. Lui seul pouvait l'approcher. Décidément, Star avait réussi à envoûter *tous* les occupants d'Alhafa…

À cet instant, elle redressa la tête et l'aperçut. Khalif se sentit transpercé par l'éclat des magnifiques yeux bleu-vert. Il y vit sa souffrance, sa solitude et se maudit de l'avoir quittée aussi brusquement.

Sortant de l'ombre, il s'avança vers elle.

— Je suis…

— Tu as trouvé ce que tu voulais ? l'interrompit Star avec calme.

Elle ne voulait pas lui montrer sa souffrance. Reconnaître qu'il lui avait manqué.

— Oui, je…

— J'en suis heureuse, l'interrompit-elle de nouveau en détournant les yeux.

Pourquoi n'avait-elle pas pleuré avant qu'il réapparaisse ? Pourquoi n'avait-elle pas laissé couler les larmes à 2 heures du matin quand elle désespérait de trouver le sommeil ?

— Star…

Khal lui posa la main sur l'épaule, la forçant à se retourner vers lui.

— Qui t'a fait du mal ? demanda-t-il doucement.

— Toi !

Il tressaillit, mais ne parut pas surpris.

— Je sais. Et j'en suis désolé. Mais je voulais dire… Qui t'a fait du mal autrefois ?

La douleur déferla en elle, dans sa poitrine, son ventre. Elle voulut le repousser mais il la prit dans ses bras et plongea son regard dans le sien. Cette fois, Star ne tenta même pas de dissimuler sa souffrance, elle s'y abandonna, totalement, tandis que Khal poussait un juron puis la soulevait dans ses bras.

Elle aurait dû lui dire de la reposer sur ses pieds, lui demander où il l'emmenait, mais elle se sentait… protégée, chérie, aussi ferma-t-elle les yeux tandis qu'il gravissait des marches, longeait des couloirs. Elle devina qu'il poussait une porte, reconnut les délicieux effluves de santal et d'agrumes, et se blottit contre lui, sans plus penser à rien.

S'asseyant, il la garda serrée contre lui, jusqu'à ce que les larmes s'arrêtent de couler. Il appuya le menton sur son crâne. Il l'enveloppait, complètement. Et soudain, Star eut la certitude qu'il ferait un père parfait.

— Ma mère ne m'avait jamais caché que j'avais eu un père, commença-t-elle lentement. Elle parlait de lui. Il y avait des photos de lui à la maison et elle me racontait des histoires, la façon dont ils s'étaient rencontrés, comment ils s'étaient aimés au premier regard… Elle me montrait des objets en bois qu'il avait fabriqués. Alors j'avais toujours eu l'impression qu'il faisait partie de ma vie.

Khal ne dit rien. Il l'écoutait.

— Skye ne voyait pas souvent son père après son mariage avec une autre femme, et Summer n'était pas encore née… Ma mère ne parlait jamais de son propre père. Alors j'ignorais tout de la notion même de grands-parents. Jusqu'à ce que j'aille à l'école. Ensuite, j'ai grandi en me posant de plus en plus de questions sur les parents de mon père. Ma mère refusait de parler d'eux. Je savais seulement qu'il y avait eu une dispute… mais elle ne m'avait pas donné de détails.

Elle frissonna mais se força à poursuivre.

— À treize ans, j'avais réussi à me convaincre qu'il y avait eu un horrible malentendu entre ma mère et les parents de mon père. Je pensais qu'il suffirait que je les voie pour que…

En toute naïveté, elle avait cru qu'ils l'accueilleraient à bras ouverts.

— J'étais persuadée que dès qu'ils sauraient que c'était un malentendu ils me serreraient dans leurs bras. J'imaginais déjà les Noëls que nous passerions ensemble, la joie, les cadeaux…

Un petit rire étouffé franchit ses lèvres.

— J'aurais vraiment dû me douter que c'était un pur fantasme… Le retour à la réalité a été très brutal. J'avais trouvé leur adresse dans des lettres envoyées par mon père à ma mère quand il habitait encore avec eux. J'avais économisé assez d'argent de poche pour acheter un billet de train et il y avait un bus pour aller à la gare. J'avais recopié le plan trouvé à l'école, sur l'ordinateur de la classe. J'avais même emporté des fleurs.

Elle se revit avec son maigre bouquet, son cartable…

— Personne ne m'a arrêtée pour me demander ce que je faisais toute seule dans le train, pourquoi je n'étais pas à l'école. Je me trouvais très maligne… Puis je me suis retrouvée devant la porte peinte en rouge, au numéro 34 de College

Road. Je l'avais imaginée bleue, mais ce rouge vermillon me plaisait bien. Je le trouvais gai.

Khalif l'écoutait sans l'interrompre, surpris par l'accent sarcastique qu'avait pris sa voix mélodieuse.

— J'ai sonné, et la femme qui est venue m'ouvrir ressemblait *presque* à celle que j'avais imaginée. Mais le sourire aimable a vite été remplacé par une expression de mépris, de dégoût. Elle a appelé son mari sans détacher les yeux de mon visage. Je lui ai souri et lui ai dit que j'étais sa petite-fille. Je croyais qu'elle ne l'avait pas compris. Alors qu'elle avait tout de suite su qui j'étais.

Elle s'interrompit et inspira profondément.

— Ils ont déclaré qu'ils n'avaient pas de petite-fille. Que mes parents ne s'étant pas mariés, je n'existais pas à leurs yeux. Ils ont ajouté qu'ils ne voulaient en rien avoir affaire à moi ou à ma mère. Et ils m'ont dit de ne jamais revenir.

— Qu'as-tu fait ? demanda Khalif en retenant un juron.

— J'ai trouvé une cabine téléphonique et j'ai appelé à la maison, mais mes sœurs étaient à l'école, bien sûr, et ma mère n'était pas là. J'ai laissé un message pour lui demander de venir me chercher à l'arrêt de bus et j'ai attendu. J'avais l'impression de l'avoir trahie…

— Qui ? demanda-t-il, consterné.

— Ma mère. Je savais pourquoi mes parents ne s'étaient pas mariés. Pas parce qu'ils ne s'aimaient pas, mais au contraire parce qu'ils s'aimaient et n'avaient pas besoin d'un morceau de papier pour le prouver. Alors j'avais l'impression de l'avoir trahie en allant voir ces gens.

— Elle est venue te chercher ?

— Non. Un agent de police est arrivé et m'a demandé ce que je faisais là, assise toute raide sur mon banc – et alors je me suis rendu compte que la nuit était tombée. Il m'a expliqué qu'un chauffeur de bus m'avait aperçue en passant, qu'il s'était inquiété de me voir là, toute seule, et avait appelé la police. Ensuite, l'agent a réussi à joindre ma mère et m'a raccompagnée à la maison.

Khalif la serra contre lui, atterré.

— Mes sœurs et ma mère ont ouvert la porte et m'ont prise dans leurs bras, et je me suis mise à sangloter... Après, je ne me souviens pas exactement de ce qui s'est passé, mais je sais que je ne me suis arrêtée de pleurer que lorsque Skye a commencé à me lire mon roman préféré. J'aimais déjà beaucoup lire, mais à partir de ce moment-là, j'ai dévoré toutes sortes de romans : *Orgueil et Préjugés*, *Raison et Sentiments*, *Les Quatre Filles du docteur March*, *Nord et Sud*, *Autant en emporte le vent...*

— Ces lectures t'ont aidée ? demanda-t-il doucement.

— Oui. M'immerger dans ces romans m'aidait à oublier ma tristesse, la souffrance et la honte.

Elle étouffa un bâillement.

— Merci, dit-elle en levant les yeux vers lui. Merci de m'avoir écoutée.

« Je serai toujours là pour t'écouter », faillit-il répliquer.

— Je te raccompagne jusqu'à ta chambre ?

Une question traversa les beaux yeux aux reflets turquoise, mais Star sourit et répondit qu'elle connaissait le chemin.

Longtemps après son départ, Khalif resta assis dans son fauteuil à repenser à ce qu'elle lui avait raconté. Ses propres relations avec ses parents n'avaient jamais été faciles, mais il n'avait jamais fait l'expérience du rejet, de l'exclusion. Même quand il avait enchaîné les scandales lors de ses pérégrinations en Europe, ils ne l'avaient pas renié, pas plus qu'ils ne le feraient s'ils devaient apprendre que Star portait son enfant et qu'il avait l'intention de l'épouser.

Quittant sa suite, il alla voir où en étaient les travaux, curieux mais en proie à l'appréhension qu'il ressentait à chaque fois qu'il pénétrait dans ce qui avait été autrefois les appartements de son frère.

Quand il ouvrit la porte de la salle de bains des jumelles,

il s'immobilisa et contempla la nuit étoilée en retenant son souffle. D'un bleu profond, le plafond était constellé de myriades d'étoiles, de toutes les tailles. Khalif en aperçut une aussi grosse que sa main et à huit branches. Ce ciel nocturne donnait une impression d'immensité, d'infini. Et de paix.

Il s'en alla à regret, mais impatient de voir ce qui se dissimulait sous la bâche du salon. La main légèrement tremblante, il l'écarta… et ne put retenir un cri étouffé en découvrant ce qui se cachait dessous.

Un arbre montait du sol jusqu'au plafond, ses branches s'étirant sur tout le mur, l'ensemble étant reproduit avec un réalisme extraordinaire. Et ce ne fut que lorsqu'il se rapprocha qu'il aperçut les petits appuis fixés au tronc.

Les filles pourraient grimper dans leur arbre, tout comme Samira autrefois, dans les jardins d'Alhafa. Se rapprochant encore, il sentit le parquet se transformer en tapis moelleux destiné à amortir les éventuelles chutes. Star avait pensé à tout.

— J'espère que tu vois ça, Faizan, chuchota-t-il. Toi aussi, Samira.

Khalif recula lentement. À présent, il lui revenait de réparer ses torts et d'essayer de se faire pardonner.

Une idée lumineuse lui traversa l'esprit.

Il avait trouvé. Il savait comment y arriver.

9.

Star resserra son gilet fin sur son buste en repensant à leur conversation de la veille et s'arrêta avant d'entrer dans la salle à manger en entendant la voix de Khal.

— Non, cela prendrait trop de temps, … Je vous répète qu'ils savent tous ce qu'ils doivent faire … Oui… Je me moque des frais que…

L'apercevant sur le seuil, il coupa la communication et posa son smartphone sur la table.

— C'était Amin ? demanda-t-elle en s'asseyant en face de lui.

Khal versa du thé dans sa tasse tandis qu'elle regardait les doigts tenant l'anse de la théière en argent, puis celle, toute fine, de la tasse en porcelaine.

— Oui, dit-il en la lui tendant. C'était Amin. Pourquoi cette question ?

— Tu as toujours ce ton quand tu lui parles, répondit Star en humant les effluves de cardamome montant de sa tasse.

— Quel ton ?

— Eh bien… Du style : « Je me fiche de ce que vous pensez, contentez-vous de faire ce que je vous demande ! »

À en juger par l'expression de Khal, elle avait touché juste.

— Je ne vois pas ce que tu veux dire.

— Si, tu vois très bien. Il t'irrite.

— Parce qu'il me juge, répliqua Khal en fronçant les sourcils, l'air… boudeur.

— Peut-être parce que tu ne caches pas ton irritation, dit

Star en ne pouvant retenir un sourire. Tu devrais faire la paix avec lui, ou le remercier de ses bons et loyaux services…

— Ah, c'est un avis professionnel ?

— Exactement. Sinon, tu risques d'en arriver bientôt aux conflits de cour d'école, type : « C'est lui qui a commencé. »

Il ne réagit pas, mais Star l'entendit répliquer dans sa tête que c'était en effet le cas.

— Comment te sens-tu, ce matin ? demanda-t-il en fixant la théière.

— Toujours pas enceinte.

Cette fois, elle eut droit à un sourire.

— Je… J'ai parlé avec mes deux sœurs hier soir.

À ces mots, il se raidit de façon visible, mais à son grand soulagement il la laissa continuer.

— Je leur ai seulement dit que j'allais *peut-être* pouvoir récupérer le pendentif.

— Et comment ont-elles réagi ?

— Elles étaient folles de joie.

Pas tout à fait. Elles avaient été heureuses, ou plus exactement, soulagées. Star avait d'abord eu l'intention de leur annoncer la bonne nouvelle après avoir récupéré le pendentif, mais elle commençait à se sentir gênée de ne pas leur en parler. Quand elle l'avait annoncé à Summer, elle avait *senti* le soupir de soulagement de sa sœur sur sa peau. Summer avait dit que cela faciliterait ses échanges avec l'acheteur potentiel, avant de lui poser des questions anodines sur Burami, ayant manifestement oublié que Star était maintenant dans le désert. Cela ne lui ressemblait pas du tout. Mais, depuis quelque temps, Summer avait tendance à être distraite… tout en le niant à chaque fois que Skye ou Star le lui faisaient remarquer.

— Au fait, Skye est fiancée, annonça Star, repensant à sa conversation avec sa sœur aînée.

— Félicitations, répliqua Khal. Il est comment ?

— Je n'en ai pas la moindre idée. Je ne l'ai jamais rencontré. Mais elle est heureuse, j'en suis sûre.

En effet, elle n'avait jamais entendu Skye aussi gaie. À tel point que Star en avait été presque… Non, elle n'était pas jalouse de Skye, et elle était sincèrement ravie pour elle, mais… Star se massa le plexus solaire pour chasser la sensation désagréable qui l'oppressait. Était-elle jalouse ? Elle regarda Khal. Elle se trouvait dans un endroit magnifique, en plein désert, avec un cheikh somptueux, et, au lieu de vivre une merveilleuse histoire d'amour avec lui, elle était là uniquement parce qu'elle portait *peut-être* son héritier.

Mais au fur et à mesure que s'écoulaient les jours, qu'elle apprenait à le connaître et découvrait les complexités de la personnalité de Khal, Star sentait son cœur se dilater, s'ouvrir. Et comme elle commençait à se douter qu'elle n'était pas enceinte, elle se retrouvait forcée d'admettre qu'elle ne représentait pas pour lui ce que lui représentait désormais pour elle.

— C'est une bonne chose, non ? demanda-t-il en la regardant d'un air inquiet.

Le thé faillit déborder de sa tasse. Star eut juste le temps de la reposer sur la soucoupe. Elle savait qu'il parlait de Skye, pas d'elle, mais ses paroles l'avaient néanmoins ébranlée profondément.

— Oui, bien sûr, acquiesça-t-elle à la hâte.

— Mange, nous sommes attendus.

— Ah bon ? Où allons-nous ? Nous ne devons pas être rentrés à Burami demain ?

— Si. Mais d'ici là, tu es prisonnière d'un beau prince.

Son cœur frémit de joie. Elle adorait la façon dont il la taquinait.

— Un beau prince… ? Où est-il ? demanda-t-elle en regardant autour d'elle.

— Très drôle. Rendez-vous aux écuries. Et choisis une tenue confortable.

Il aurait dû lui demander si elle montait à cheval avant d'organiser cette sortie, mais Khalif avait oublié ce détail en voyant l'excitation et l'enthousiasme briller dans les yeux de Star quand elle l'avait rejoint. Sans parler du sourire éblouissant dont elle l'avait gratifié. Quant à Mavia, elle était littéralement tombée sous son charme.

Comme il le lui avait demandé, Star avait choisi une tenue confortable : T-shirt blanc à manches longues et le pantalon en lin clair avec ses taches de peinture.

Quand il l'installa devant lui, son pouls s'accéléra, mais au lieu de se plaindre du poids supplémentaire, Mavia tourna légèrement la tête, comme pour lui demander ce qu'il attendait.

En vérité, Khalif attendait d'avoir repris le contrôle de son corps. Il n'avait pas songé à ce qu'il ressentirait une fois qu'il aurait Star entre ses jambes et contre sa poitrine, ses bras enveloppant le buste mince et chaud…

Lorsque sa jument s'élança hors des écuries, aussi pressée que lui de faire découvrir les trésors du désert à Star, celle-ci ne posa aucune question. Sa confiance en lui était totale. Aussi entière que durant leur nuit magique de Burami et lui donnant l'impression d'être… un roi.

Mavia galopait, connaissant le trajet pour l'avoir fait des centaines de fois. Khalif embrassa l'immensité du désert du regard et inhala les senteurs familières. Il se sentait vivant, ici. Authentique. Dans le désert, il n'y avait pas de place pour le mensonge.

Soudain, il entendit résonner le rire de son frère qui le défiait d'aller plus vite, toujours plus vite, et le rire de Faizan se confondit avec celui de Star. Il le sentit se réverbérer dans son cœur, dans tous ses sens, mêlé à l'excitation et à toutes ces émotions qu'il n'avait pas éprouvées depuis si longtemps. Il avait eu raison de venir à Alhafa. Avec Star. Il eut soudain l'impression d'avoir été élu par le destin pour l'y amener.

Ils escaladèrent une dune, le sable tourbillonnant sous les

sabots de Mavia. Arrivée au sommet, elle s'arrêta, comme si elle aussi était émerveillée par la vue qui s'offrait à eux.

Khalif plongea son regard dans la petite vallée, contempla la vaste tente installée à côté des arbres entourant l'étang, et un peu plus loin, les palmiers décrits par l'ancêtre de Star dans son journal intime.

Star écarquilla les yeux. C'était un rêve. Un mirage. Mais non, elle ne rêvait pas. Elle sentait battre le cœur de Khalif contre son dos et celui de Mavia sous elle.

Partant de l'ouverture de la tente, un tapis d'un beau rouge sombre conduisait à un brasero de taille impressionnante. D'autres tapis étaient étalés tout autour, déclinant des tons turquoise, et sur lesquels étaient posés des coussins brodés de fils d'or et de paillettes argentées. Sur une table basse, elle aperçut un assortiment de boissons et de mets. La table était probablement réfrigérée, mais aucun câble ni aucun dispositif n'était visible.

Le cœur battant la chamade, Star tourna les yeux vers l'étang dont la surface transparente miroitait au milieu de la végétation luxuriante, puis elle vit les deux palmiers dont les troncs croisés formaient un X.

Un halètement lui échappa. Elle n'osa pas tourner la tête vers Khal parce que, si elle le regardait maintenant, il comprendrait. Il comprendrait qu'elle était tombée amoureuse de lui. L'émotion qui l'envahit fut si intense, si puissante, que Star réprima un tremblement.

Mavia se remit en route et s'avança au pas vers l'oasis. Il y avait quelque chose de royal dans la façon dont la jument se dirigeait vers l'étang. Quand elle s'arrêta, Khal descendit lestement de cheval et Star en profita pour s'essuyer furtivement les yeux. Se retournant, il tendit les bras et la souleva de la selle avant de la reposer devant lui.

Elle détourna les yeux et fit semblant de se concentrer sur l'étang.

— Sais-tu où nous sommes ? demanda-t-il lentement.

— Oui, à l'oasis.

Où Hatem avait amené Catherine. Avant qu'elle ne doive le quitter, songea tristement Star.

— Pourquoi m'as-tu amenée ici ?

Il promena son regard sur l'immensité de sable couleur ocre, les dunes ondulant à l'infini, avant de se tourner vers elle, les yeux étincelants. Comme au ralenti, Star le vit lever la main, la poser sur sa joue…

— Je t'ai amenée ici pour te rappeler que tu as une famille qui t'aime. Pas seulement tes sœurs et ta mère. Mais l'ancêtre qui savait que tu viendrais, que tu suivrais ses pas. Pour te rappeler celle qui avait foi en son peuple, qui faisait confiance à ses descendantes et aux compagnes des descendants de celui qu'elle avait aimé. Ce sont elles qui ont protégé son secret en attendant ta venue.

Un éclat fauve incendia son regard.

— Tu étais attendue depuis plus de cent cinquante ans, Star Soames. Ce n'est pas rien.

Ces paroles se propagèrent en elle, jusqu'au tréfonds de son être. Et lorsque Khal enfonça la main dans la sacoche fixée à la selle et en sortit une petite bourse de velours grenat, Star ne fut pas surprise. Tout s'enchaînait naturellement. Tout lui paraissait juste.

Le pendentif qu'il lui présenta était bien celui qu'elle cherchait. Une fois réuni avec le sien, il formerait la clé ouvrant tant de possibilités. Khal avait raison. Ils étaient similaires mais comportaient quelques différences invisibles au premier coup d'œil.

— Je peux ?

— Bien sûr. Il est à toi, désormais, déclara-t-il, solennel.

Le lui prenant des doigts, Star s'avança vers un tapis et s'assit en tailleur, puis fit passer la chaîne par-dessus sa tête et rapprocha les deux pendentifs.

Comment les assembler ? Elle appuya légèrement sur la

partie supérieure des entrelacs de celui trouvé en Angleterre et sentit quelque chose… bouger. Accentuant la pression, elle vit sortir une petite plaque lisse de la base du pendentif. Star prit celui apporté par Khal, appuya au même endroit, et le même phénomène se reproduisit. Elle contempla les deux, perplexe.

— Tu me laisses essayer ?

Khal prit les pendentifs et les retourna, manipulant l'un des deux en même temps qu'il maintenait l'autre, et soudain…

— Oh…, murmura Star en contemplant ce prodige.

Réunis, les deux pendentifs formaient bien une clé. Les deux larges anneaux maintenant superposés en constituaient la tête ; en dessous, les entrelacs emboîtés donnaient une sorte de torsade, la tige de la clé, laquelle se terminait en bas par les petites plaques lisses saillant d'un côté – le panneton.

Khal appuya sur la tête, et celui-ci rentra dans la tige.

— Voilà. Tu peux les porter ensemble, maintenant.

Elle secoua la tête.

— Il ne te plaît pas ? demanda-t-il, l'air confus.

— Si ! Je l'adore. Mais je… Je crois que je n'avais jamais imaginé réussir à trouver la clé.

Je n'avais jamais imaginé te rencontrer. Rencontrer l'homme que j'aimerais jusqu'à mon dernier souffle.

— Et tu te dis romantique ? fit-il en haussant les sourcils.

— Oui, je le suis, dit-elle avec un sourire tremblant.

Il souleva la double chaîne.

— Veux-tu que je…

— En fait, l'interrompit-elle en se relevant, j'aimerais me dégourdir les jambes et me rafraîchir un peu.

Elle ne pouvait pas prendre la clé. Pas encore. Parce que sinon sa présence à Duratra n'aurait plus de sens. D'autant plus qu'elle était quasiment certaine de ne pas être enceinte.

Comprenant qu'elle avait besoin d'être seule, Khalif s'occupa du feu. Le personnel d'Alhafa avait travaillé toute la nuit pour préparer leur venue. Les flammes montèrent, les craquements du bois se mêlant aux stridulations des cigales et au chant des oiseaux qui faisaient une halte à l'oasis avant de reprendre leur traversée du désert. Le vent murmurait dans les feuilles des arbres. Il imagina Star dans l'étang, ses cheveux répandus autour d'elle, son corps nu…

Le désir rugit en lui. Il cassa brutalement un morceau de bois et ressentit une petite douleur. Baissant les yeux, il vit qu'il avait une écharde dans le pouce. Il la retira, regarda la goutte de sang avant de l'aspirer avec ses lèvres.

Jamais il n'avait désiré une femme avec autant de force.

— Que se passera-t-il si je ne suis pas enceinte ?

Khalif tressaillit. Ce moment devait forcément arriver.

— Tu m'as parlé uniquement de ce qui arrivera si je le suis.

Parce qu'il ne voulait pas la laisser partir.

— Tu rentreras en Angleterre. Je resterai à Burami.

— Et je ne te reverrai plus jamais ?

Elle formulait cela comme une question alors que, pour Khalif, il s'agissait d'une affirmation. Cette fois, ce fut la rage qui rugit en lui. Il ne désirait qu'une chose : se retourner et la prendre dans ses bras, la posséder une dernière fois, et au diable les conséquences. Faire de cette nuit un dernier présent. Pour lui-même et pour Star. Peut-être était-il venu inconsciemment à l'oasis dans ce but. Par égoïsme, alors que Star méritait tellement mieux, tellement plus.

— Merci de m'avoir amenée ici.

La fatalité contenue dans sa voix l'anéantit. Il prit ces paroles pour un adieu.

— Je te devais au moins cela.

— Je comprends, répliqua-t-elle avec calme.

Il fit volte-face et plongea son regard dans le sien.

— Vraiment ? lança-t-il, furieux contre elle, contre lui.

Parce que, de son côté, il n'y comprenait *rien*.

— Oui.

Le cœur lui martelant les côtes, Khalif contempla les

longues tresses humides, le T-shirt blanc mouillé presque transparent, dévoilant davantage qu'il ne dissimulait, moulant les seins ronds et fermes.

Ses mains le démangeaient. Il brûlait de l'enlacer, de l'attirer contre lui.

Quand elle s'avança d'un pas, Khalif secoua la tête. Elle s'arrêta, mais il vit le tressaillement qui la parcourut. Au moment où elle allait se détourner, il la prit dans ses bras et l'embrassa. Elle haleta dans sa bouche et il aspira le halètement, l'enferma au plus profond de lui-même. Il était choqué, émerveillé, excité… Il voulait qu'elle se souvienne toujours de ces instants, parce que lui s'en souviendrait jusqu'à son dernier souffle.

Elle leva les mains et s'accrocha à sa chemise en se pressant contre lui. Ils s'étreignaient avec une passion proche de la frénésie.

Khalif remonta le T-shirt mouillé, impatient de sentir la peau satinée sous ses doigts. Refermant la main sur les reins de Star, il la serra contre lui, sentit les mamelons durcis s'enfoncer dans sa chair et laissa glisser ses lèvres sur le cou, la gorge offerte, léchant, mordillant, tandis qu'elle renversait la tête en arrière en gémissant de plaisir.

C'était de la folie. De la folie pure. Mais rien n'aurait pu les arrêter, ni lui ni elle, songea fugacement Khalif.

Cette nuit-là, Star se noya dans un océan de volupté. Leurs bouches, leurs mains, leurs corps ne se repoussaient que pour mieux se retrouver. Khal la fit basculer dans l'extase, encore et encore, mais différemment à chaque fois. Le plaisir était toujours plus grand, toujours plus beau. Absolu.

Lorsque les premiers rayons du soleil s'infiltrèrent dans la tente par l'auvent et lui caressèrent la peau, elle se rendit compte que Khal n'était plus là. Elle se leva, s'habilla, consciente qu'après cette nuit-là elle ne serait plus jamais la même.

Elle le trouva en train de contempler le désert.

— Qu'est-ce que tu fais ? demanda-t-elle doucement.

— Je faisais un vœu. Je…

— Chut, ne le dis pas. Sinon, il ne se réalisera pas.

— Je voudrais ne pas être prince.

Star refoula les émotions qui menaçaient de la submerger. Ils savaient tous deux que ce vœu ne pourrait jamais se réaliser.

— Tu es un prince merveilleux. Consciencieux, attentif aux autres et à leur opinion, tu fais de ton mieux pour satisfaire le plus de monde. Tu seras un chef d'État formidable. Équitable, fort et déterminé.

— Mais… ? fit-il sans la regarder.

Elle souffrit pour lui et secoua la tête, mais elle tenait à être franche. Pour Khal.

— Tu n'es pas toi. Tu es le prince que tu crois que les autres désirent que tu sois.

— Je ne m'appartiens plus. Je *leur* appartiens, Star.

Comme s'il essayait d'expliquer sa situation à quelqu'un qui refusait de la voir, la comprendre. Alors qu'en réalité, c'était lui qui refusait de se regarder en face.

— Tu peux devenir le chef d'État que tu désires être, si tu es prêt à en assumer les conséquences.

Elle disait cela en pensant à lui, pas à elle. À l'homme qui avait déjà commencé à se perdre, écrasé par le poids de la couronne.

— Je regrette de ne pas t'avoir connu avant.

— Tu aurais préféré le Prince Play-boy ?

— Non. Le jeune garçon.

À ces mots, il recula brusquement comme si elle l'avait frappé.

— Je vais faire venir un véhicule pour te ramener à

Alhafa, dit-il d'une voix affreusement neutre. Je rentrerai avec Mavia.

Star sentit son cœur sombrer dans sa poitrine.

La parenthèse romantique était refermée.

10.

— Star a rendez-vous avec Maya demain, c'est bien cela ?

Khalif serra les mâchoires à s'en faire mal.

— Et vous savez qu'elle ne peut participer à l'inauguration du mémorial, n'est-ce pas ? enchaîna son secrétaire privé.

— Amin…

— Nous en sommes tous conscients, Amin, l'interrompit Reza avec calme. Voulez-vous bien nous laisser ? Je dois m'entretenir avec Son Altesse.

Amin s'inclina légèrement, puis s'éclipsa, mais non sans avoir montré sa réprobation, naturellement.

— Je n'ai pas besoin que tu parles pour moi, marmonna Khalif.

— Non, bien sûr. Mais tu n'as pas non plus besoin de te retrouver avec une rébellion sur les bras, ce qui risque de se produire si tu continues à malmener ton secrétaire privé.

— Il n'est pas le seul à être sous pression.

— Tu as raison. Celle qui pèse sur toi est considérable.

Son ami lui posa brièvement la main sur l'épaule.

— Que crains-tu le plus ? poursuivit-il. Qu'elle soit enceinte, ou le contraire ?

— Ce n'est pas moi qui compte mais elle. Je ne pourrais pas lui imposer ce poids. Je sais ce que c'est que de se voir privé brusquement de liberté et je ne peux pas…

Khalif s'interrompit en secouant la tête.

— Tu as dû faire de gros sacrifices…

— Des sacrifices ? Ma vie a changé *en tout !* J'ai tout

arrêté ! s'exclama-t-il en contemplant Reza avec incrédulité. J'ai renoncé à l'entreprise internationale que j'avais créée à partir de rien, j'ai *tout* laissé tomber du jour au lendemain et je suis rentré ici. J'ai enterré mon frère et Samira devant les médias du monde entier. J'ai serré des mains, passé des coups de fil, quelques heures après leurs funérailles… J'ai fait ce que je devais faire et le referais s'il le fallait. Mais je ne pouvais même pas *respirer*, Reza ! Encore moins les pleurer comme je l'aurais voulu. Ni exprimer mon chagrin d'aucune manière. C'est comme porter une camisole de force en permanence, être replié sur soi-même, confiné. Comment crois-tu que je pourrais imposer cela à un être aussi innocent que Star, bon sang ?

Reza le regarda avec un mélange de compréhension et de compassion que Khalif savait sincère. Puis son ami lui posa de nouveau la main sur l'épaule et l'y laissa en hochant la tête.

— OK. Alors parlons de ce dispositif scénique qui va épater tout le monde…

C'était étrange de se retrouver au palais de Burami, chez Khal, après tout ce qui s'était passé depuis leur première nuit. Star se tenait de nouveau sur le balcon, le soleil de fin d'après-midi lui réchauffant la peau, mais pas le cœur.

Les moments partagés avec Khal commençaient à ressembler à un rêve.

Elle posa les mains sur la balustrade et contempla la capitale. La vue lui paraissait un peu différente maintenant que Star savait qu'au-delà de l'immensité de sable et des dunes, il existait un autre palais et une oasis qui occuperaient toujours une place dans son cœur.

Les pendentifs réunis sur la double chaîne se trouvaient dans la bourse en velours, témoignant qu'il avait fallu que deux personnes unissent leurs efforts pour reconstituer la clé.

Sachant ce que le mémorial signifiait pour lui, elle était

inquiète pour Khal. Quand il lui avait expliqué qu'elle ne pourrait pas venir à l'inauguration, elle avait vu une telle culpabilité dans ses yeux qu'elle avait tout fait pour lui montrer qu'elle comprenait parfaitement la situation et qu'elle l'acceptait sans problème. C'était sincère. Mais cela n'avait pas diminué la sensation de rejet.

Entendant frapper à la porte, Star sursauta alors qu'elle s'attendait pourtant à cette visite. Elle rentra dans le salon et vit Maya refermer tranquillement la porte et se retourner en souriant.

— Merci d'être venue, Maya. Je... J'ai quelque chose à vous demander. Est-ce qu'il serait possible d'effectuer le test dès aujourd'hui ?

Khalif se força à sourire à Abbad qui lançait un nouveau regard sombre dans sa direction, l'expression absente de son épouse n'était guère plus encourageante. Le seul moment où il avait réussi à se détendre, ç'avait été lorsque Nadya lui avait fait un clin d'œil avant de partir en courant pour commencer une partie de cache-cache endiablée avec sa sœur. Quant à ses parents, ils étaient occupés à bavarder avec des diplomates et des dignitaires, Dieu merci.

— Le dispositif est impressionnant, dit Reza avec son calme habituel.

— Je sais.

— Tu peux être fier.

— Elle devrait être *ici*, répliqua-t-il d'une voix rauque. Pas dans mes appartements.

— Khalif, trois cents personnes sont là, toute la presse de Duratra est postée à l'intérieur et à l'extérieur du palais, ainsi que quelques journalistes de la presse internationale. Tu crois vraiment qu'une femme à la chevelure flamboyante passerait inaperçue ? Ce soir, il s'agit de Faizan, Samira... et toi. Ensuite, tu pourras passer à autre chose.

Tu te trompes, mon vieux, songea Khalif. Et pourtant, il aurait préféré de loin que Reza ait raison.

Il gravit les marches et prit place sur le devant de la scène tandis que le silence se faisait parmi la foule et que tous les yeux se levaient vers lui. Il contempla l'océan de visages éclairés par les projecteurs et frémit intérieurement. Son cœur manqua un battement, Khalif imagina Star sur le balcon de son salon, et inspira.

— Mesdames et Messieurs, ma famille et moi sommes très honorés de vous voir ici ce soir. Certains ont dû faire un long voyage pour venir et je les en remercie. Je crois néanmoins que mon frère et Samira méritaient que l'on fasse un petit effort pour eux. Le… vide qu'ils ont laissé dans la vie des membres de leur famille et de leurs amis est incommensurable, aussi était-il important de respecter leur chagrin. Faizan et Samira n'ont pas seulement uni deux familles, ils ont réuni deux pays et nous ont donné deux belles princesses.

Khalif s'interrompit un bref instant pour reprendre son souffle avant de poursuivre.

— Grandir aux côtés de Faizan n'a pas été une mince affaire.

Des rires légers parcoururent la foule.

— Mon frère était motivé, déterminé, brillant, intelligent, généreux, toutes qualités que je retrouve déjà chez ses filles, Nadya et Nayla. Faizan a toujours su quel héritage il désirait laisser derrière lui. La paix au présent et l'espoir pour le futur. Pas seulement pour son peuple mais pour la planète entière. Quant à Samira, elle gardait le sourire en toutes circonstances et était toujours prête à apaiser les conflits, à dresser des passerelles au-dessus de gouffres qui paraissaient infranchissables à d'autres. Samira et Faizan étaient fiers, affectueux et toujours soucieux de leurs deux pays. En résumé, elle était le pont et lui la rivière qui coule éternellement et c'est ainsi que je me souviendrai d'eux, et j'espère que c'est le souvenir que vous garderez aussi.

Il redescendit de la scène et fit signe aux techniciens. Aussitôt, l'intensité lumineuse augmenta, des murmures montèrent de la foule, avant de retomber dès l'apparition des premiers hologrammes.

Sa propre voix résonna, rappelant que la zone séparant Duratra et Udra était négligée depuis fort longtemps, que cet endroit était devenu une sorte de no man's land traversé par le fleuve séparant Duratra et le pays de Samira.

Les hologrammes montraient à quoi ressemblait cette zone actuellement, et ce qu'elle deviendrait progressivement une fois nettoyée et préparée pour accueillir les infrastructures qui y seraient installées. Durant les minutes suivantes, on vit la construction d'un pont enjambant le fleuve. Une végétation luxuriante apparut bientôt sur les deux rives, saluée par des « Oh » et des « Ah » admiratifs tandis que l'on voyait pousser des arbres dont la hauteur dépassait bientôt celle du pont.

« Il n'y aura ni voitures ni aucun véhicule dans cette zone, elle sera entièrement piétonne. La vie sauvage y sera réintroduite – oiseaux, insectes et éventuellement des animaux de plus grande taille – grâce au savoir-faire de spécialistes hautement qualifiés qui proposeront des visites guidées gratuites à tous ceux qui souhaiteront voir la progression des travaux. »

Nouveaux murmures, franchement enthousiastes.

« Ce sera un sanctuaire. Un endroit où les gens viendront honorer la mémoire de Faizan et de Samira, et rendre hommage à leur dévouement, leur investissement personnel et leur foi indéfectible en un avenir meilleur. Ce sera le paradis qu'ils auraient voulu créer pour leurs enfants, et ce que leurs enfants ont souhaité pour honorer la mémoire de leurs parents. »

Khalif promena son regard sur la foule, ému par l'émotion qu'il y sentait palpiter et qui faisait écho à la sienne.

— Oncle Khal… Oncle Khal… !

Il se retourna juste à temps pour recevoir Nadya dans ses bras.

— Tu as pris les oiseaux ! murmura-t-elle.

Nayla, la plus timide des deux, se tenait devant lui avec un grand sourire et les yeux brillants de joie, un petit pied chaussé d'une ballerine rose glissé derrière l'autre.

— Et des fleurs, dit-il en l'attirant elle aussi contre lui.

Nayla hocha la tête avec enthousiasme.

— Elles seront bleues et roses comme sur le zologram ?

Khalif n'eut pas le cœur de la corriger.

— Nous pourrons peut-être en discuter avec les gens qui s'en occuperont. Il y a *beaucoup* de choses à faire avant de choisir les oiseaux et les fleurs, tu sais… ?

Levant les yeux, il se raidit en voyant ses parents se diriger vers lui, mais il savait qu'il avait pris la bonne décision, pas parce que son idée séduirait tout le monde, mais parce qu'il sentait en lui que c'était *juste*. Pour ses nièces, et pour Faizan et Samira.

— Mon cher fils, se contenta de dire Hafsa, sa mère, en battant des cils.

Après une légère hésitation, Bakir lui adressa un petit hochement de tête, mais cela suffit à Khalif pour comprendre qu'il approuvait entièrement son projet.

Ensuite, il lui fallut rester une bonne heure à la réception avant de pouvoir s'en échapper, mais il partit parce que le moment était venu pour lui d'aller retrouver Star.

Le cœur battant à tout rompre, il longea les couloirs conduisant à l'aile est du palais, sourit aux employés et aux quelques membres de la famille qu'il croisa en chemin, mais son esprit ne songeait qu'à une chose. Une personne.

Khalif referma la porte et s'immobilisa. Il reconnut le parfum de Star et se demanda si c'était la dernière fois qu'il en humait les effluves fleuris. Elle se trouvait sur le balcon. Elle aimait cette vue presque autant que lui.

S'avançant dans le salon, il s'arrêta de nouveau pour se

laisser le temps de la voir. Elle leva la main vers son visage, la laissa retomber et se tourna légèrement de côté, la brise soulevant ses cheveux.

— Qu'est-ce que tu fais ici ?

— Je *vis* ici, répliqua-t-il avec humour.

Il la rejoignit à l'instant où elle se retournait vers lui.

— J'étais inquiet.

— À propos de la présentation ?

— Non, tout s'est bien passé. Très bien, même. Tout le monde a aimé.

— Bien sûr, dit-elle en souriant. Tu devrais y retourner, non ? Il est encore tôt.

— J'ai eu tort de te demander de rester ici.

— Non, et tu le sais, répliqua-t-elle tranquillement.

Baissant les yeux, il vit la double chaîne et le pendentif. La vision était si belle qu'il en eut le souffle coupé.

Et, d'instinct, il se ferma à l'émotion qu'il avait de plus en plus de mal à ignorer.

Star scruta le beau visage de Khal. Elle commençait à mieux comprendre en quoi consistait son devoir royal et à mesurer le poids du fardeau qui pesait sur lui.

— J'ai…

— Je ne suis pas enceinte.

Il se contenta de la dévisager en silence, comme si lui aussi l'avait pressenti. Lorsque Maya lui avait appris le résultat du test, Star n'avait pas été surprise. En revanche, elle avait réalisé combien elle avait souhaité qu'il soit positif. Elle s'était interdit de l'espérer, d'y croire, parce que – elle s'en rendait compte maintenant – elle n'avait jamais désiré autant quelque chose de sa vie.

— Maya m'a certifié que le résultat du test était fiable.

Lorsqu'il franchit le peu de distance qui les séparait, elle le regarda en retenant son souffle.

Khal s'écarta pour se placer à côté d'elle et appuya les mains sur la balustrade. Star se retourna et posa la main à côté de la sienne mais sans la toucher.

Elle aurait dû s'en aller. Maintenant. Mais elle ne pouvait pas. Elle adorait les romans, les histoires d'amour. Et elle gardait espoir. C'était plus fort qu'elle. Ils avaient déjà vécu tant de choses ensemble – cette rencontre improbable, leurs ancêtres séparés par le devoir, leurs familles réunies par le destin. Elle avait découvert le Duratra de Catherine là-bas, dans le désert. Khal lui avait remis le pendentif, ils avaient…

— C'est terminé, alors, dit-il soudain, la voix rauque.

Star s'attendait à ces paroles, mais elles ne firent qu'effleurer sa conscience.

— Tu crois ?

— Star…

— Non, Khal. Je te pose la question – c'est *vraiment* terminé ?

Impossible de le regarder, même si elle sentait les yeux sombres dardés sur elle. Elle ne pouvait pas soutenir son regard parce que, dans le sien, il verrait ce qu'elle n'était pas encore prête à lui dévoiler.

— C'est curieux, le comportement des gens quand ils pensent qu'ils n'ont pas le choix, dit-elle. Ils se sentent prisonniers, ils sont terrassés par un sentiment d'impuissance, ils se sentent poussés à commettre des actes qui ne leur ressemblent pas. Qui ne leur conviennent pas.

— Tu ne vas pas tout de même pas me dire que j'ai la possibilité de faire des choix.

— Ah ? Regarde ce que tu as fait quand tu as compris que tu *avais* le choix, pour le mémorial de Faizan et Samira. Regarde la chose si belle, si incroyable que tu as mise en mouvement. Ne crois-tu pas que nous…

— Ce n'est pas la même chose. Chacun des héritiers au trône qui m'a précédé s'est trouvé dans la même situation.

— Le même processus insensé se répète inlassablement, mais il entraîne des phénomènes différents.

— Pourquoi penses-tu que je pourrais m'attendre à des « phénomènes » différents ? répliqua-t-il, manifestement confus. Mes parents s'en sont fort bien tirés, et le mariage de Faizan et Samira était très heureux et fécond.

— Mais pas pour toi. Pense à la souffrance qu'il t'a causée ! s'écria Star en se tournant vers lui. Imposerais-tu cela à tes nièces ? T'attendras-tu à ce qu'elles se marient par devoir et non par amour ?

— Non ! J'accomplis mon devoir pour qu'elles aient la possibilité de choisir.

— Ah oui ? Tu ne le fais pas parce que c'est plus facile que d'être fidèle à toi-même, à tes principes ?

Un éclat orageux traversa les yeux de Khalif.

— Star…

Elle refusa de l'écouter. Elle devait aller jusqu'au bout. C'était sa dernière chance.

— Parce qu'en t'efforçant de toujours faire plaisir à tout le monde, tu ne risques pas d'échouer, n'est-ce pas ? Si tu te conformes à ce dont les autres ont besoin, c'est ce besoin qui pourra se révéler erroné, ce n'est pas toi qui auras commis une erreur. Et tu ne découvriras jamais…

— Je ne découvrirai jamais quoi ?

— Tu ne découvriras jamais toutes les merveilles, tous les prodiges que tu pourrais accomplir en étant simplement toi-même.

Une telle sincérité, un tel espoir et un tel optimisme vibraient dans sa voix que Khalif aurait presque aimé la croire. C'était si attirant. Être lui-même, la choisir, être un grand chef d'État. Mais Star se trompait.

— J'ai été moi-même, riposta-t-il avec colère. Pendant plusieurs années, j'ai fait la fête et accumulé les conquêtes féminines dans toute l'Europe. Est-ce là le chef d'État dont Duratra a besoin ? Est-ce l'homme que tu veux que je sois ?

— Tu souffrais. Ta famille entière a approuvé le mariage de ton frère et de ton premier amour. Alors tu as fait l'idiot, c'est normal.

— J'ai fait l'idiot ? C'est ainsi que tu…

Khalif serra les mâchoires, détestant l'effet que les paroles de Star produisaient en lui, dans son esprit et son cœur. Sa compréhension, sa foi en lui le torturaient, le déchiraient. Il était furieux. Il avait envie de tout démolir, le palais, le trône, la couronne… Pour oublier les questions qui tournoyaient dans sa tête. Mais, comme c'était impossible, il se rabattit sur la seule chose qu'il lui restait.

— Je sais que tu penses qu'être prince, cela signifie…

— Arrête, le supplia-t-elle. Ne te sers pas de…

— Tu penses qu'être prince, cela veut dire vivre des aventures merveilleuses, rencontrer l'amour dans un pays enchanté, avec des oiseaux magiciens, des pendules qui parlent…

Il détourna les yeux pour ne plus voir les larmes qui brillaient dans ceux de Star.

— Mais ce n'est pas cela, poursuivit-il. C'est faire passer son devoir avant tout le reste, en permanence. C'est conclure un mariage stratégique pour le bien de son pays.

— Et m'épouser, ce n'est pas stratégique, c'est cela ?

— En effet.

— Ton bonheur ne compte pas ?

— Non. Je l'ai compris et accepté dès que j'ai su que je succéderais à mon frère.

— Si tu laisses ta colère et le ressentiment causés par le mariage de Samira et Faizan influencer tout ce que tu fais…

— Ne prononce pas son…

Khalif ne put achever la phrase. C'était trop cruel.

— Tu peux critiquer mes rêves mais moi je ne peux pas remettre en question tes peurs ? C'est toi que tu punis en refusant d'écouter ton cœur, ou quelqu'un d'autre ? Pourquoi te condamnerais-tu au malheur ?

Allait-elle enfin s'arrêter ?

— Parce que, si tu peux être heureux en mariage, si tu peux choisir ton épouse, Faizan en avait le droit aussi ? Et alors, cela impliquerait que ton merveilleux frère aurait fait le mauvais choix et t'aurait blessé en choisissant Samira ?

— Eh bien, dis donc, tu n'y vas pas de main morte, ce soir, fit-il d'un ton amer et teinté de mépris.

— Évidemment – c'est mon cœur qui est en jeu. Mon amour pour toi. Tu ne le vois pas ?

Une douleur atroce lui laboura la poitrine, si intense que, l'espace d'un instant, sa vision se brouilla.

— Ton *amour* pour moi ? En deux semaines ? *Ça*, c'est du romanesque… Mais bon, tu avais de l'entraînement… Tu te caches dans tes romans, Star, tu les préfères à la réalité. Mais moi je n'ai pas ce luxe.

Elle eut un mouvement de recul, comme s'il l'avait giflée. Khalif se haït de l'avoir blessée mais il ne supportait pas de l'entendre parler ainsi. Elle le forçait à se regarder en face et il en était incapable. Pas encore, pas maintenant. Il avait trop peur de ce qui se passerait s'il le faisait. Il ne pouvait pas affronter ses propres sentiments. Ni ceux de Star.

— Tu as raison. Des choix me sont offerts. Et je suis désolé que ce que j'ai choisi te fasse de la peine, dit-il d'un ton mécanique, artificiel.

Star le savait autant que lui. Mais ces paroles décelaient une part de vérité.

— Et je ferai le même choix à chaque fois. Je choisirai Duratra.

Quand il tourna les yeux vers elle, Star leva la main pour essuyer une grosse larme qui roulait sur sa joue, et son geste lui rappela celui qu'il avait surpris quand il l'avait rejointe sur le balcon. Elle pleurait avant qu'ils ne commencent à parler, comprit Khalif. Avant qu'il ne lui dise des choses horribles, parce qu'elle avait pressenti ce qui se passerait. Elle avait su, avant même de lui dire qu'elle n'était pas enceinte, comment il réagirait.

Sans dire un mot, elle regagna le salon et, l'instant d'après, sortit de chez lui. Il l'imagina longeant l'enfilade de couloirs puis quittant le palais et réalisa qu'il s'était trompé. Star n'était pas lâche, elle ne se cachait pas dans ses romans. Elle avait au contraire la force et le courage d'affronter la réalité. Elle était bien plus forte et plus brave que lui.

Cette prise de conscience lui porta un coup terrible. Il le reçut en plein ventre et en plein cœur. Le choc fut si violent que Khalif s'effondra et resta allongé sur le dos, incapable de bouger, alors que tout en lui brûlait de courir après elle.

11.

À 2 heures du matin, Khalif sortit de sa suite et se dirigea vers la partie du palais où se trouvait le bureau de son père. Il lui fallait du whisky. Il n'avait pas bu une goutte d'alcool depuis trois ans, mais là, il en avait *besoin*.

Quelques instants plus tard, il ouvrit le compartiment où son père conservait différents alcools destinés aux visiteurs, prit une bouteille, puis un verre dans lequel il versa bientôt le liquide ambré.

Installé dans un fauteuil en cuir, il souleva son verre pour inhaler les arômes boisés et floraux, la note tourbée en fond… Il allait le porter à ses lèvres lorsque la porte s'ouvrit sur son père qui le contempla avec une expression ressemblant fort à de la pitié.

— Je ne t'avais pas vu boire depuis la mort de Faizan.

Il faillit rétorquer qu'il n'avait pas encore bu, mais ç'aurait été trop puéril, pour ne pas dire pathétique. Aussi regarda-t-il son père se diriger vers la bouteille, prendre un verre et se verser une ration aussi généreuse que la sienne, avant de venir s'installer dans le fauteuil faisant face au sien.

— Je ne t'ai pas non plus vu boire depuis…, commença Khalif.

— Les funérailles de Faizan ? demanda sa mère en entrant à son tour dans la pièce.

Elle les regarda tour à tour et sourit. Sans doute avait-il l'air aussi ridicule que son père, la même mine coupable de gamins surpris en flagrant délit de chapardage.

— Oh ! ne soyez pas stupides, enchaîna Hafsa en riant. Si j'étais choquée de vous voir avec un verre de whisky à la main, je ne serais plus votre reine depuis longtemps.

Adressant un sourire complice à Khalif, elle s'assit sur le bras du fauteuil et se pencha pour déposer un petit baiser sur la joue de son mari.

— À Faizan et Samira, dit celui-ci en soulevant son verre.

Khalif souleva le sien et battit des paupières, ravalant son chagrin avec la première gorgée de whisky.

— Khalif, nous sommes…

Il arrêta son père d'un geste de la main, mais Bakir poursuivit néanmoins.

— Nous sommes si fiers de toi. Le mémorial est…

— Parfait, acheva sa mère avec un sourire ému. Comment cette idée t'est-elle venue ?

Khalif se força à se détendre.

— En discutant avec une amie. Elle m'a interrogé à propos de Faizan et Samira et m'a conseillé de parler à Nadya et Nayla du mémorial et de leur demander si elles avaient des idées.

— Elle est très intelligente, cette amie, dit Hafsa.

— Oui, c'est vrai.

— T'a-t-elle donné d'autres conseils ? s'enquit Bakir.

— Elle m'a encouragé à être moi-même, répondit-il, crispé. À cesser d'essayer de vous ressembler, à toi et à Faizan.

— Elle est très intelligente et *sage*, répliqua sa mère en souriant.

Lorsque Bakir laissa échapper un petit rire étouffé, Khalif eut envie de leur crier qu'il n'y avait vraiment pas de quoi plaisanter.

— Je ris parce que cela me rappelle ce que ta mère m'a dit il y a très longtemps, expliqua Bakir. Bien avant notre mariage. Elle essayait de me faire comprendre que j'avais tort de me donner tant de mal à imiter mon père.

— Et tu m'as à peine écoutée.

— Mais de quoi parlez-vous ? s'exclama Khalif, abasourdi.

Je croyais que vous vous étiez mariés uniquement par… Qu'il s'agissait d'un mariage arrangé… ?

— Le but était de le faire croire, commença Bakir avec calme. Et je suis heureux que cela ait fonctionné.

Son père parlait-il sérieusement ?

— Nous nous étions déjà rencontrés, enchaîna sa mère en rosissant. Avant les fiançailles.

— Et ta mère m'a dit un jour que si je ne trouvais pas de raison valable pour l'épouser, elle se demandait comment je pensais pouvoir diriger un pays. Alors j'ai trouvé une raison.

Bakir haussa les épaules.

— C'était le premier des innombrables défis qu'elle m'a lancés et continue encore à me lancer…

Il s'interrompit, regarda Khalif, et soupira.

— Nous savions tous que Samira comptait énormément pour toi et que c'était réciproque.

— Qu'elle *comptait* énormément pour moi ?

— Mais nous savions également qu'elle n'était pas celle dont tu avais besoin, poursuivit son père. Nous, ta mère et moi, et Faizan. Et même Samira.

Khalif serra rageusement son verre entre ses mains. Il était furieux, pas contre son père mais parce que celui-ci avait raison.

— Tu étais le cadet, Khalif. Les rigueurs de l'enseignement et de la préparation aux devoirs royaux t'ont été épargnées. Avec le recul, je considère cela comme une erreur. Je… Mon père m'a tout caché de mon futur rôle de chef d'État, de crainte que je ne tente de lui prendre le pouvoir. Mon apprentissage a été abrupt. Je ne voulais pas… que Faizan rencontre les mêmes difficultés. Je n'avais jamais songé…

Hafsa posa la main sur celle de son mari et enlaça les doigts aux siens. Khalif posa son verre sur la table basse, se pencha en avant et referma la main sur les deux leurs, partageant ainsi leur chagrin mais aussi leur amour.

— Je savais que tu désirais ardemment participer aux

cours de Faizan, mais je craignais que cela ne l'empêche de se concentrer. Alors, en compensation, je t'ai accordé toutes les libertés. Tu n'en voulais pas, mais tu en as bénéficié. Et cela a fini par te nuire, à mon grand regret, et je me suis reproché mon attitude.

Son père s'interrompit un instant pour porter son verre à ses lèvres, puis continua.

— Personne ne t'a posé de limites, pas même Samira. Il existait un lien spécial entre vous, personne ne pourrait le nier, et nous l'aimions tous profondément. Mais elle t'aurait laissé faire n'importe quoi, et tu ne l'aurais jamais écoutée, tu n'aurais jamais éprouvé le besoin de te dépasser, de t'améliorer. Vous ne vous seriez pas fait de bien.

Khalif s'attendait à ces paroles mais elles n'en furent pas moins douloureuses à entendre. D'autant qu'elles contenaient la vérité. Il s'était moqué de Star, de son romantisme, mais n'avait-il pas fait la même chose ? N'avait-il pas fantasmé un avenir idéal avec Samira ? Star l'avait interrogé, elle avait remis en question ses idées préconçues, l'avait mis au défi de prendre ses propres décisions, de suivre son instinct, d'écouter son cœur, elle l'avait encouragé à faire des erreurs et à en tirer profit.

— Que signifie cette expression, Khalif ?

— J'ai commis une terrible erreur, père.

— Pourquoi as-tu l'air si heureux, alors ?

— Parce que je sais comment la réparer, répondit-il en souriant.

— Et de quelle façon ?

— Des romans. Il me faut des romans.

— Je crois qu'il a perdu l'esprit, dit Bakir en regardant sa femme d'un air inquiet.

Mais les yeux de celle-ci pétillaient, lui rappelant ceux de Star.

— En partant tout de suite, je peux être à l'aéroport dans deux heures.

— Tu n'as pas le permis, maman, et tu n'as jamais d'argent sur ton compte, répliqua Star, le smartphone coincé entre l'épaule et l'oreille. En plus, tu détestes les émissions de carbone encore plus que les Tories, et, vu que mon avion décolle dans trois heures, je serai en Angleterre avant que tu n'arrives ici.

— Ta sœur m'a dit quasiment la même chose…, lâcha Mariam en soupirant.

— C'est l'intention qui compte, maman, alors merci de l'avoir proposé. Skye t'a paru heureuse ?

— Oui, très. Je suis impatiente de faire la connaissance de ce Benoît Chalendar. Et surtout de savoir mes trois filles dans le même pays, sous le même toit. Cela ne me plaît pas trop d'imaginer Summer toute seule dans cette grande maison lugubre.

Si elle continuait à malmener les franges de son pashmina il n'en resterait bientôt plus rien…

Comment elle et ses sœurs avaient-elles cru pouvoir cacher leur folle aventure à Mariam ? se demanda à nouveau Star. Ç'avait été difficile de lui parler de la condition imposée par Elias, mais lorsque Skye les avait appelées de France, Summer et elle, elles avaient décidé toutes les trois que le moment était venu de tout dire à leur mère. Celle-ci avait été furieuse – dans la mesure où Mariam était capable d'en vouloir à ses filles –, mais sa colère était vite retombée.

— Je sais ce que vous essayez de faire, Star…

— Nous avons presque réussi, maman ! Skye a récupéré le plan des passages secrets, moi j'ai la clé – il ne nous reste plus qu'à trouver les Diamants Soames.

— Je sais, répéta Mariam. Mais je… J'ai décidé que j'allais m'installer quelque temps chez Samantha.

— C'est vrai ? Tu ne préfères pas…

— Vivre avec mes adorables filles qui sont en train de

trouver leur vraie place dans la vie et sont bourrées de bonnes intentions ? enchaîna Mariam.

Star sourit, avant de plisser le front.

« Trouver sa vraie place dans sa vie. » C'était ce qu'elle avait espéré en venant à Duratra – prouver qu'elle pouvait se débrouiller toute seule. Et elle avait l'impression qu'elle avait réussi… et échoué.

— Samantha me connaît depuis des années. Elle est tout à fait capable de me supporter encore un peu, affirma Mariam.

À ces mots, Star ne put retenir un sanglot.

— Ce n'est pas ce que je voulais dire, ma chérie.

— Mais non, je sais, répliqua-t-elle en se ressaisissant. En fait… je pensais chercher un appartement. Tu crois que Skye serait d'accord ? Je veux dire… Summer est à l'université la majeure partie de l'année…

— Je crois que Skye sera inquiète, fit sa mère, soupirant à nouveau. Mais après ses fiançailles elle va sûrement s'installer en France. Si tu sens que c'est le moment pour toi, ma chérie, nous te soutiendrons toutes à cent pour cent.

— Ça m'effraie un peu, je l'avoue, mais j'aimerais bien vivre seule. J'adore Skye et Summer, mais… il faut qu'elles se rendent compte que je suis capable de me débrouiller sans elles.

Elle s'interrompit et laissa échapper un profond soupir.

— Tu crois que Khal avait raison, maman ? Je me suis cachée ?

— Non, ma chérie. Tu ne t'es pas cachée dans tes romans. Tu as beaucoup appris en lisant. Cela t'a aidée à découvrir ce que tu aimes, ce que tu désires, et ce que tu es prête ou non à accepter. Les romans d'amour ne déforment pas nos espoirs, ils les nourrissent. Et il n'y a rien de mal à cela. Ils nous apprennent à ne pas avoir honte de nos désirs. Qu'il s'agisse d'émotions, de choses pratiques ou de sexe.

Le simple mot de « sexe » lui serra le cœur, parce qu'elle

ne retrouverait plus jamais ce qu'elle avait vécu avec Khalif, mais elle comprenait ce que Mariam voulait dire.

— Personne n'aurait dû t'amener à éprouver un sentiment de honte et de rejet. Ni tes grands-parents ni ton prince.

— Khalif n'est pas mon prince, maman.

— Ce sont eux qui devraient avoir honte, Star, insista Mariam comme si elle n'avait rien dit.

Quand elle remit son smartphone dans son sac un peu plus tard, Star s'autorisa à *sentir* l'amour qui lui emplissait le cœur, mais lorsqu'elle serra entre ses doigts le pendentif qu'elle refusait de séparer en deux, elle se força à regarder la réalité en face.

Khal l'avait laissée seule à Alhafa sans se donner la peine de la prévenir qu'il partait. Il l'avait cachée dans le désert. Il l'avait rejetée avec des mots cruels parce que c'était plus facile que de lutter contre ses propres démons. Il lui avait donné le sentiment d'être désirée puis rejetée. Mais, en dépit de sa souffrance, Star comprenait son attitude.

Il n'aurait pas pu la choisir, tout comme Catherine n'avait pu choisir Hatem. Star *respectait* leur attitude, mais ne *l'approuvait* pas. Rien ne justifiait leur décision de suivre l'exemple d'ancêtres qui avaient fait la même chose avant eux.

Levant les yeux vers le tableau des départs, elle vit que son vol était retardé. Au même instant, elle remarqua que quelques têtes se tournaient vers l'entrée de l'aéroport, puis entendit des murmures. Elle refusa d'y prêter attention, mais de plus en plus de têtes se tournaient…

Un petit groupe se forma à côté de l'entrée, grossissant à vue d'œil, tous les regards étant concentrés sur…

Non… Elle rêvait…

Star vit d'abord Khalif, puis sa monture. Elle reconnut aussitôt Mavia, avant de remarquer la selle ornée de galons d'or et de pierreries. Que venait-il faire à l'aéroport, à cheval ?

Fascinée, elle contempla la tunique blanche richement

brodée à l'encolure, le turban lui ceignant la tête et portant les mêmes broderies… Khalif avait un port royal et exsudait une beauté presque… scandaleuse.

Le cœur de Star se mit à battre à un rythme sauvage, l'espoir renaquit en elle, aussi puissant qu'absurde.

Mavia s'arrêta à quelques mètres et redressa la tête, comme pour lui dire bonjour. Khalif descendit de sa monture avec une grâce époustouflante, s'avança vers Star, et mit un genou à terre. Les murmures montèrent de toutes parts, des halètements… Les gens prenaient des photos ou filmaient la scène avec leurs téléphones…

Incapable de prononcer un mot, elle le regarda, éblouie.

— Mademoiselle Soames, commença-t-il d'une voix qui parut résonner dans tout l'aéroport. Je suis descendu, évitant de vous regarder en face, comme une étoile, et pourtant je vous voyais briller sans avoir besoin de vous regarder.

Quel langage, quelle poésie… Star plissa le front… *Anna Karénine* ! Pas mot pour mot, mais reconnaissable.

— J'ignore de quoi nos âmes sont faites, mais je sais que la vôtre et la mienne sont semblables…, poursuivit Khalif en souriant.

Il savait qu'elle avait reconnu *Les Hauts de Hurlevent*.

— Je me demandais ce qu'était l'amour. L'amour s'oppose à la mort. L'amour, c'est la vie.

Star le regarda en roulant des yeux.

— Tu ne vas tout de même pas me dire que tu as lu *Guerre et Paix* en vingt-quatre heures ! s'exclama-t-elle en riant.

— J'ai lutté en vain. Rien n'y fait. Je ne puis réprimer mes sentiments. Laissez-moi vous dire avec quelle ardeur je vous admire et je vous aime.

— *Orgueil et Préjugés*, maintenant ? Tu viens à moi avec les mots des autres ?

— Non, répondit-il tranquillement. C'était juste pour attirer ton attention.

— Tu n'as pas songé que venir à cheval suffirait ?

Des petits rires fusèrent autour d'eux, lui rappelant qu'ils n'étaient pas seuls.

— Tu ne veux pas qu'on aille dans un endroit un peu plus privé ? chuchota Star.

— C'est ici que je veux être. Et, non, venir à cheval ne suffisait pas. Je ne sais pas si je trouverai jamais assez de façons de te dire combien je t'aime et pourquoi je t'aime. Mais je vais essayer. Tu as tout fait exploser dans ma vie, tu m'as pris par le bras et m'as entraîné dans des territoires que je n'aurais jamais rêvé d'explorer.

Star rougit au souvenir de sa méprise. Dire qu'elle l'avait pris pour un simple touriste…

— Tu as eu confiance et foi en moi dès le premier instant, alors que je ne le méritais pas. Tu as fait l'expérience, de la manière la plus dure, des contraintes inhérentes à la vie royale et tu les as supportées sans poser de questions, sans protester et sans les condamner. Tu m'as appris des choses que, sans le savoir, il me restait à apprendre, et tu m'as aidé à redécouvrir celles que je connaissais mais avais oubliées. Et, en retour, je t'ai fait douter de tes rêves. Je ne me le pardonnerai jamais. À cause de moi, tu t'es sentie rejetée, et je te promets de ne jamais plus te faire éprouver ce sentiment. Je t'ai inspiré un sentiment de honte en te cachant de tous, alors que c'est moi qui aurais dû avoir honte de ma conduite. Par conséquent, devant le peuple de Duratra, je te promets de consacrer chaque jour qu'il me reste à me rendre digne de toi – même si tu refuses de me faire l'honneur de devenir ma femme.

Émerveillée, Star le regarda, agenouillé devant elle, au beau milieu de l'aéroport…

— Qu'en dis-tu ? demanda-t-il avec un léger tremblement dans la voix.

— Eh bien, je serais tentée de te dire que l'on ne fait pas une demande en mariage en employant la forme négative, mais ce serait uniquement pour te lancer un défi.

Khalif sourit en entendant une exclamation étouffée derrière lui – Amin ? –, et parce que la réponse de Star le ravissait. Elle ne cesserait jamais de le remettre en question, et il l'aimait aussi pour cela.

— S'il avait suffi d'une conversation pour ébranler ma foi en l'espoir, ma confiance en l'amour, cela aurait montré qu'elles n'étaient pas très solides, n'est-ce pas ? De la même façon que ma perception de moi-même serait bien fragile si j'avais été anéantie par un sentiment de honte et de rejet. Comment serait-ce possible, puisque c'est toi qui m'as fait comprendre que j'avais été reconnue toute ma vie, désirée et aimée par ma famille depuis des siècles ? Puisque c'est toi qui m'as montré que la réalité peut être encore plus romantique et plus belle que la fiction ?

Dans les grands yeux limpides, l'amour brillait avec une telle force que Khalif le sentit se répandre en lui et prendre possession de tout son être.

Il se redressa, prit le visage de Star entre ses mains et eut l'impression de respirer pour la première fois depuis l'instant où elle était sortie de chez lui.

— Demande-le-moi encore, chuchota-t-elle, le regard soudé au sien.

— Veux-tu être ma femme, mon amour, ma partenaire, ma reine, mon étoile ?

— Oui, dit-elle en souriant tandis qu'une larme roulait sur sa joue.

— Je t'aime tant, murmura Khalif.

— Entendu, répliqua-t-elle avec un sourire coquin qui fit rugir son cœur. Maintenant, tu veux bien me ramener à la maison, s'il te plaît ?

— En Angleterre ?

Elle secoua la tête en riant.

— Non. À Alhafa…

Une joie inconnue l'envahit, une merveilleuse sérénité.

— Je t'y emmènerai avec joie.

— Après que nous aurons fait parvenir la clé à mes sœurs, répliqua Star, les yeux scintillant comme des aigues-marines.

— Je connais la personne idéale à qui confier cette mission. Amin ?

Il se retourna vers son secrétaire privé qui, à sa grande surprise, contemplait la scène à quelques mètres de distance avec… l'ombre d'un sourire aux lèvres…

Épilogue

Debout sur le balcon des appartements qu'elle partageait désormais avec Khal à Alhafa, Star contempla le désert s'étalant à perte de vue et battit des paupières, pas encore tout à fait remise des effets du décalage horaire.

Elle sourit en repensant au mariage de Skye et de Benoît, en Dordogne. Sa sœur aînée était radieuse, l'amour qu'elle ressentait pour son mari illuminant ses traits et se réverbérant sur tous les invités. Comme lors du mariage de Star, Mariam avait pleuré durant toute la cérémonie. Ses larmes n'avaient cessé qu'un bref instant lorsque Catherine, la fille de Summer, avait captivé l'attention de tout le monde.

Le traitement dont avait pu bénéficier Mariam avait donné d'excellents résultats, mais la bataille avait été rude. Khal avait été présent et avait soutenu Star lorsque les difficultés, les craintes, le stress mis de côté pendant la recherche des Diamants Soames, avaient resurgi en masse après qu'elle et ses sœurs eurent achevé *tout* ce qu'elles avaient entrepris. Il l'avait aidée, réconfortée, rassurée, apaisée, lui témoignant son amour à chaque instant.

Star se passa machinalement la main sur le ventre et contempla l'anneau serti d'un magnifique saphir en se rappelant la demande en mariage de Khal et leur fabuleux mariage.

Les festivités avaient duré une semaine, les rues étaient pavoisées, ils avaient été acclamés, félicités… Star avait été accueillie et acceptée avec une spontanéité qu'elle n'aurait jamais osé imaginer. Quant à leur amour, il n'avait fait que croître durant l'année qui s'était écoulée depuis leur première rencontre. Elle sourit à nouveau en se souvenant des premiers mois ayant suivi leurs fiançailles puis leur mariage, célébré six mois plus tôt. Elle revit l'expression stupéfaite et incrédule de Khal lorsqu'elle avait demandé à Amin d'être son conseiller personnel. En quelques semaines, Amin et elle avaient noué des liens puissants, ils étaient devenus des alliés, et elle le considérait désormais comme l'un de ses amis les plus loyaux et dignes de confiance. Sans lui, elle n'aurait jamais pu se faire à l'étiquette royale et au protocole.

Elle étouffa un bâillement. Ils avaient prévu d'aller à l'oasis avec Nadya, Nayla et les parents de Khal, et Star aurait adoré les accompagner, mais elle se sentait soudain submergée par une vague de lassitude.

La première fois que Khal avait emmené les jumelles découvrir leur suite, elle avait été là pour voir et entendre la joie exprimée bruyamment par les petites filles. À la grande surprise de leur oncle et de leurs grands-parents, c'était Nayla qui avait été la première à grimper dans l'arbre, tandis qu'il avait fallu ruser pour réussir à éloigner sa sœur de la salle de bains. Et elles adoraient toutes les deux leur chambre. Dans les yeux de Hafsa et Bakir, Star avaient vu briller des larmes de gratitude et d'amour, tandis que Khal lui serrait la main et l'attirait contre lui en silence.

Entendant un bruit de pas derrière elle, Star se retourna et vit son mari, son prince, son héros, vêtu en tout et pour tout d'une serviette blanche lui ceignant les hanches. Il sourit, de ce sourire sexy qui la faisait trembler de désir à chaque fois, puis s'avança vers elle et l'embrassa sur le front.

— Nous sommes censés aller à l'oasis, mais tu as l'air épuisée.

Elle éclata de rire.

— Merci !

— Comment te sens-tu ? murmura Khal en lui caressant les reins.

— Enceinte.

Comme elle s'y attendait, il fallut quelques secondes à son époux pour…

— *Quoi ?*

Star plongea son regard dans le sien et sourit.

— Je suis enceinte.

Les grandes mains chaudes glissèrent sur ses hanches, les longs doigts fins effleurant doucement son ventre, sans que Khal détache un instant les yeux des siens.

— Je t'aime, chuchota-t-il contre ses lèvres.

Puis il l'enlaça et l'embrassa avec tout l'amour et la tendresse dont Star ne se lasserait jamais.

Avec cet homme merveilleux, et grâce à lui, elle se sentait chérie, désirée et aimée, et ça, c'était le trésor le plus précieux du monde.

Vous avez aimé *Un cheikh envoûtant* ?
Retrouvez en numérique le premier volet de la série « Précieux héritage » de Pippa Roscoe.

1. *La tentation du Costa Rica*
2. *Un cheikh envoûtant*

Et découvrez la suite de votre série dès le mois prochain dans votre collection Azur !

Retrouvez prochainement,
dans votre collection

AZUR

Le tendre secret d'un roi, de Cathy Williams - N°4510
Sitôt qu'elle croise le regard d'Abe, Georgie se sent défaillir. Voilà quatre ans qu'elle ne l'a pas revu, après qu'il est sorti de sa vie sans un adieu. Si elle l'aimait follement naguère, elle éprouve à présent une vive colère à son encontre. Le jour où Abe l'a abandonnée, il a emporté avec lui le secret de son identité. Un secret dont la révélation est un choc pour Georgie : son ancien amant n'est autre que le prince Abbas Hussein du Qaram ! Et la fille qu'ils ont eue ensemble, son héritière...

Les héritiers des Kamaras, de Millie Adams - N°4511
Trahie par son fiancé, Morgan tente de fuir la propriété familiale de ce dernier quand elle se retrouve bien malgré elle dans la chambre de Constantine, l'aîné des Kamaras. Celui-ci, qui lui a toujours témoigné un profond mépris, se révèle alors le plus audacieux des séducteurs. Et Morgan succombe à la passion entre ses bras durant une nuit interdite... Persuadée qu'elle ne le reverra jamais, Morgan tombe des nues lorsqu'elle découvre que ce moment d'égarement n'a pas été sans conséquence : elle attend des jumeaux !

L'enfant du Ghana, de Maya Blake - N°4512
Du désir brut. Voilà ce qu'éprouve Atu Quayson lorsque Amelie Hayford débarque dans son bureau pour en découdre avec lui. La plus belle femme du Ghana a appris qu'il tente de mettre la main sur la station balnéaire dont elle est l'héritière – et elle ne compte pas le laisser faire ! En effet, tous deux sont rivaux en affaires et coutumiers des passes d'armes. Alors pourquoi Atu ne rêve-t-il que d'une chose : rappeler à son ennemie qu'ils ont autrefois partagé le plus brûlant des baisers ?

Inoubliable passion, de Heidi Rice - N°4513
Alors qu'il débarque au mariage de sa sœur, Ross De Courtney reçoit le choc de sa vie. Parmi les invités se trouvent l'inoubliable Carmel, qu'il a faite sienne durant un lointain bal, et un petit garçon qui ressemble trait pour trait à l'enfant qu'il a été. Loin de nier l'évidence, Carmel lui pose très vite un ultimatum : Ross devra endosser son rôle de père auprès de leur fils... ou disparaître à jamais de leur vie !

L'époux d'un scandale, de Jackie Ashenden - N°4514

Le scandale est une seconde nature chez Castor Xenakis. Habitué à défrayer la chronique, il ne s'étonne de rien – ou presque. Le soir où l'innocente Glory pénètre dans son manoir sans y avoir été invitée pour s'offrir à lui, il tombe des nues ! Si la belle l'attire assurément, il n'est pas question pour lui de profiter de la naïveté de cette jeune femme visiblement désespérée. Mais rien ne lui interdit de faire une contre-proposition à sa visiteuse : qu'elle joue auprès de lui le rôle d'épouse…

Les noces d'Elena, de Therese Beharrie - N°4515

Héritière d'une puissante famille, Elena s'apprête à épouser par devoir un homme qu'elle n'aime pas. Mais avant cela elle s'autorise un voyage en Italie pour interviewer le businessman de l'année. Seul problème ? Micah Williams se révèle bien différent du terrible magnat auquel elle s'attendait, au point qu'Elena finit par succomber à son charme. Et, quand Micah lui propose un mariage de convenance qui la rendrait libre, elle est soudain très tentée d'accepter…

Corps-à-corps envoûtant, de Cara Colter - N°4516

Voilà deux ans que Sophie n'avait pas mis les pieds sur l'île de Havenhurst, et c'est avec émotion qu'elle y retrouve sa meilleure amie, la princesse Maddie. Hélas, son séjour au palais implique qu'elle soit protégée par Lancaster, un garde du corps qu'elle ne connaît que trop bien. À deux reprises, elle s'est jetée à son cou… avant d'être éconduite. L'homme, aussi sexy qu'imperturbable, l'attire bien malgré elle. Se pourrait-il que leur tête-à-tête prolongé aboutisse cette fois enfin à la romance dont elle rêve en secret ?

Un trésor inestimable, de Pippa Roscoe - N°4517

SÉRIE : *PRÉCIEUX HÉRITAGE* - 3/3

Lorsque Summer Soames débarque à Athènes, c'est avec l'intention de résoudre le mystère des bijoux disparus de sa famille. Au lieu de quoi, la voilà qui tombe sous le charme du splendide Theron Thiakos… Grisée par la liaison qu'ils entament, Summer perd la raison en même temps qu'elle perd ses objectifs de vue. Le retour à la réalité est donc brutal, le jour où son amant la chasse brutalement de sa vie. Comment, cinq mois après l'avoir abandonnée, Theron ose-t-il se présenter à sa porte ? Aurait-il découvert son précieux secret ?

La conquête d'un play-boy, de Joss Wood - N°4518

SÉRIE : *SCANDALE EN AFRIQUE* - 2/3

Devenue la tutrice d'une adorable fillette âgée de trois ans, Bay est résolue à lui assurer un avenir confortable. Et pour cela elle doit d'abord trouver un emploi ! Son entretien avec Digby Tempest-Vane, qui recherche une décoratrice d'intérieur pour l'un de ses prestigieux hôtels du Cap, pourrait être sa chance ! Seulement, sa rencontre avec le milliardaire ne se passe pas exactement comme prévu. Subjuguée par le sulfureux play-boy, Bay est assaillie de pensées interdites, alors même qu'elle se doit de rester professionnelle…

Les vœux du désir, de Clare Connelly - N°4519

« C'est vous que je dois épouser », déclare Olivia à Luca Giovanardi. Jamais elle n'aurait cru pouvoir se montrer si audacieuse, mais le temps presse. Si elle veut toucher son héritage, elle est obligée de convoler avant ses vingt-cinq ans avec Luca. Certes, tous deux sont de parfaits étrangers l'un pour l'autre, mais ils auraient tout à y gagner. Olivia conserverait Hughenwood House, le domaine de sa famille, tandis que Luca verrait sa réputation de play-boy enfin restaurée. Reste à le convaincre de jouer avec elle cette comédie de façade, sans lui révéler la troublante passion qu'il éveille en elle…

La fierté de Nik Cozakis, de Lynne Graham - N°4520

Olympia est au pied du mur : sa mère est gravement malade et a besoin de soins médicaux onéreux qu'elle n'a pas les moyens de lui payer. Malheureusement, son unique solution est de solliciter l'aide de Nik Cozakis, le puissant et impitoyable homme d'affaires qu'elle aurait dû épouser dix ans plus tôt si un scandaleux malentendu n'avait entaché sa réputation. Nik, humilié et fou de rage, l'avait alors rejetée avec le plus grand mépris. Olympia tente donc le tout pour le tout en se tournant vers lui. Et, à sa grande surprise, Nik accepte de la soutenir, mais à une condition : qu'Olympia lui donne un héritier…